宁夏师范学院学人文库（第八辑）

批评的漫旅：身世与语言

马晓雁 著

黄河出版传媒集团
阳光出版社

图书在版编目（CIP）数据

批评的漫旅：身世与语言 / 马晓雁著. —— 银川：
阳光出版社, 2022.9
ISBN 978-7-5525-6549-2

Ⅰ.①批… Ⅱ.①马… Ⅲ.①诗歌评论—文学批评史
—中国—当代 Ⅳ.①I207.22

中国版本图书馆CIP数据核字(2022)第189016号

批评的漫旅:身世与语言　　　　　马晓雁　著

责任编辑　谢瑞
封面设计　张博
责任印制　岳建宁

黄河出版传媒集团　出版发行
阳 光 出 版 社

出版人　薛文斌
地　址　宁夏银川市北京东路139号出版大厦（750001）
网　址　http://www.ygchbs.com
网上书店　http://shop129132959.taobao.com
电子信箱　yangguangchubanshe@163.com
邮购电话　0951-5047283
经　销　全国新华书店
印刷装订　宁夏凤鸣彩印广告有限公司
印刷委托书号　（宁）0024645

开 本　880 mm × 1230 mm 1/32
印 张　7.75
字 数　170千字
版 次　2022年11月第1版
印 次　2022年12月第1次印刷
书 号　ISBN 978-7-5525-6549-2
定 价　49.80元

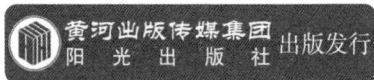

序

百余年的中国现代新诗研究主要是以时间为线索的研究，但随着研究的深入与广阔，研究者们也逐渐认识到，仅以时间之维观察现代新诗具有一定局限性。为此，研究者们重拾文学地理学，并进而从传统的文学地理学向后现代空间批评进行学术拓展。空间的引入对诗歌研究具有积极意义：随着全球化、数字化趋势的发展，平面化的地理概念已不能命名新的变化，交通工具、通信手段的变革，以及由此带来的时空压缩，深刻地改变着人们的生活方式与审美感受，诗歌地理与空间能够为文学研究带来研究格局的变化。不过，笔者认为，虽然都不可或缺，但无论是时间、地理，抑或是空间，都是形成一时期一地域或一个人诗歌风貌的外在因素。作为语言艺术的诗歌研究，最根本的还是应该以语言为核心，将时间、地理与空间作为影响因素处理，才更加符合诗歌的本质。本书正是本着这一基本认识，以当代宁夏诗人诗歌创作为中心进行的观察与研究，具有方法论的意义。

代际与诗语、身世与语言、语体与语境、质素与配方、地理与风貌、性别与姿态、经验与借鉴、批评方式与方法等方面的问题，是新诗研究的关键问题。为落实对以上问题的思考与探究，笔者分别以宁夏诗人代际诗语特征为例，探讨了具体诗歌群落以出生年代形成的代际在语言上可能呈现的共同特征；以杨森君和王怀凌的诗歌创作为例，探讨了具体人生状态对写作者在声音、意象的采用、结构的选取、情感色调、风格等方面带来的影响；以诗人林混的诗歌创作为例探讨了语体的选取对诗歌主题的实现带来的助益，以郭静的诗歌创作为例探讨了个人语境下诗歌依持什么而成立，从而探析了语体与语境对诗人创作的影响；以马泽平和刘岳的诗歌创作为例，讨论了"80后"诗人诗作中出现的新元素，以及"80后"可能传承的固有的诗歌质素，以及他们各自的风格；分别以高鹏程和单永珍的诗歌为例，探讨了作为"出走者"和"游历者"，他们诗歌中的地理、空间等因素及其对诗歌的整体风貌带来的影响；以杨春晖、林一木诗歌为例，探讨了女性诗歌写作中存在的共性问题；以甘肃女诗人武强华诗歌为例，论析其处理女性经验及生活经验的得失成败，以期给诗人、女性诗人的创作带来正反两方面的借鉴，也以欧阳江河、雷平阳、傅元峰、胡弦、汤养宗、胡亮、郭晓琦、张二棍、韩东、李南十位诗人的十首与"母亲"相关的诗歌为例，探讨了"母亲"进入诗歌的方式，以期在"怎么写"上带来思考与启发；以倪万军的文学批评为例，分析了宁夏诗歌批评的样态，以著名青年评论家胡亮的诗歌批评为例，探讨了诗歌批评的文体意识与语言意识。在整体上，以上所探讨到的、对个体和群落的诗歌创作具有影响作用的时间、地理与空间因素等都可以统括在大的"身世"概念之下，它是个体的身世，也是群落的身世。构成写作主体身世的因素是复杂的、多方面的，写作主体，无论是个体的还是群落的，都将在诗歌内容与形式中得到或隐或显地呈现。而诗歌，无论在内容上，还是形式上，最终也是对写作主体"身世"的言说。

由于个人学识所限，本书在视野上、方法上可能都存在一定局限与欠缺，在此敬请读者批评指正。

目　录

第一章　代际与诗语

　　中国现代新诗的研究自其开端便有以时段为顺序、以流派为依据进行历史书写的范式。早在1935年，《中国新文学大系·诗集》①的编选者朱自清先生就将当时的诗歌创作以流派为依据，划分为自由诗派、格律诗派和象征诗派。此后，在文学史研究中，这种经纬诗歌进程的方式几乎始终绵延。比如，当代最具影响的中国现代文学史教程之一《中国现代文学三十年》②，在新诗历史的书写上也基本采用以时段为顺序、诗歌流派为依据的方式。进入"新时期"，由于宏观的时代语境变化特征相对显著，相应地，作为具体历史语境中的人——诗歌创作者在群体上具有较为明显的代际共性特征，当代诗歌研究中也具有较强的代际意识，尤其是对诗人以出生年代为依据的代群划分十分常见。比如"60后""70后""80后""90后"等。无论是以时段和流派为经纬，

---

① 朱自清：《中国新文学大系·诗集·导言》。赵家璧主编：《中国新文学大系》第8集（影印本），上海文艺出版社，2003年版。
② 钱理群、温儒敏、吴福辉：《中国现代文学三十年》，北京大学出版社，1998年版。

还是以诗人出生年代为依据的代际群体划分方式，虽然有一定合理性，尤其是突出了社会历史背景对诗歌创作的影响，但命名本身就是一种遮蔽，这些划分方式虽然自带文学史化的光环，也更便于陈述，却可能在一定程度上遮蔽了诗人个体的诗美价值。尤其是以出生年代为依据的代群划分方式，其区分的依据并非出自诗歌最本己的语言特征，从而造成片面、外在的队伍归属。作为一种外显为建筑材料的诗歌元素，诗语才是更本己的区划依据。在不同时代的文化格局中，诗歌在语体、语言和话语等方面都呈现出不同的形态与特征，也形成了诗美的差异，显出诗歌这一文体发展过程中更有效的语言代际特征。[①]

因此，从理论上讲，在考察特定地域中的诗歌创作群体时，只有从社会历史背景、诗歌言说内容及诗语特征等多方面入手才能够更加立体准确地关照。当然，相对于年代划分的便易性、确定性，从诗语特征的角度分析诗人创作的代际特征是一种冒险，甚至会是无结论的分析。因为在某一时段内诗语特征并不一定带有普遍性，它更多与诗人个性特征相关联，也可能不具有必然的历史演进性，甚至在具体诗人那里还有向过往历史经验折返等复杂情形的出现。而且，就个体诗人而言，其诗语特征在每一首具体的诗歌中都可能会因为具体的表达需要与情境差异随机变化，因此从诗语特征出发观察诗人创作也带有"先天"的缺陷，只能是对其最突出的某个特征进行描述，而不能做到绝对的全面和准

---

① 傅元峰：《寻找当代汉诗的矿脉》，北岳文艺出版社，2014年第1版，第37页。

确。尤为关键的是，所谓"诗"，往往发生在诗歌建筑的无辞地带，它的绝妙之处往往不可言说。若要按照逻辑思维去解析感性的诗性诗质，一开始就是一次水中捞月的出发。但作为语言的艺术，诗歌更本己的建筑质素在于语言本身，若能在诗语认知上有丝毫掘进，都值得冒险前行。而且，从当代诗歌整体发展过程看，诗语也的确划出了明显的发展演变曲线。如果将诗人以出生年代为依据做代际划分，同时，在代际划分的基础上分析其诗语特征，应该可以看到某一地域诗歌在大的社会历史背景中其诗歌理论认知、诗歌审美追求、诗歌精神风貌的流变。

第一节　宁夏当代诗人代际概貌

在当代众声喧哗的诗歌创作中，宁夏诗歌创作相对宁静与疏离。但也正是这种宁静与疏离在某种程度上成就了宁夏诗歌，使其能够在"通向语言的途中"潜心诗歌本身。单纯从诗人代际语言特征出发去观察，也能发现宁夏诗歌在当代发展变化过程中整体上的悠长与欠缺。

站在21世纪20年代这一新的历史高度上观察，新时期之前，受国内特定社会环境与文化氛围影响，宁夏本土诗人相对寥落的诗歌创作中充盈着口号化、公式化、概念化的抒情。新时期之后，宁夏诗歌创作在整体社会思想大解放的潮流中复苏。1979年3月6—10日在宁夏银川召开宁夏文学艺术界第一届第三次全委扩大会议，宁夏文学艺术界联合会正式恢复工作。1980年《宁夏文艺》第1期刊发评论员文章《文艺的春天必将到来》，以乐观的历史姿态预告了宁夏文学在"断裂"与"重建"中必将迎来真正的春天，在创作实绩中践行"新时期"的话语策略。同期刊登了诗人高深诗作《致诗人》，其中"当你凝视母亲的创痛时也不必哀伤，/从苦难中站立起来的巨人格外坚强，/历史的脚印已刻在九亿人民心上，/寒尽霜穷春伊始，有道是多难兴邦"①的诗句带着话语与历史的双重伤痕，比如"母亲"与"祖国"的对应关系、"大我"的抒情方式、以字数为准凑齐诗句的造句方式等，但一代人的社会责任感令诗歌充满豪情。诗歌标题《致诗人》将知识分子群体中的诗人作为讴歌对象、寄语对象，也可以看作"新时期"话语在宁夏较早的呈现。《致诗人》的发表时间距离被称为"新时期"发轫之作的《班主任》不到一年时间，从中也反映出宁夏并非完全僻远到不知道时代发展的脚步，其边缘性是相对而言的。虽然远离政治、经济与消费文化中心的"西部"，在一定程度上造成宁夏诗歌在新时期起步期的岑寂以及与主流的些许疏离，却成就了宁夏诗歌的特质。在20世纪70年代末期历史惯性思维的滑动中，主流诗坛迎来现实主义创作的回归和"地下诗歌"浮出历史地表，宁夏诗歌在对苦难的书写和对西部的歌唱中获得了自身的独特的言说。肖川、秦中吟、吴淮生、罗飞、丁文庆、屈文焜、葛林、高深等一批诗歌写作者，带着历史的话语伤痕写作，完成了过渡期承前启后的历史使命。20世纪90年代前后，一批以出生于60年代为主体的诗人逐步走

---

① 转引自倪万军：《叙述的困境——宁夏文学观察》，宁夏人民教育出版社，2018年，第162页。

向创作的成熟期，开始引领宁夏诗歌创作走向繁荣。虎西山、杨森君、张铎、梦也、周彦虎、杨梓、冯雄、王怀凌、雪舟、唐晴、单永珍、张联以及"70后"中较早步入诗坛的杨建虎等一批诗人的创作在独特的地域文化环境中又注入了各自个性化的人生体验。有雄浑、豪迈、粗犷、悲壮的西部气质的注入；有对故土家园的吟唱；有对城镇化建设过程中人与社会心理轨迹的刻写；有对人的存在困境的谛视与思考；有对自然和谐的文化人格的追求与对超然闲淡志趣的表达……正是这批诗人的创作使宁夏诗歌能够以自己独特的艺术风貌呈现在国内诗坛。时至今日，撑起宁夏诗歌天空的依旧是这批诗人。新世纪前后，"70后"诗人郭静、瓦楞草、安奇、林混、阿尔、林一木、马占祥、西野、胡琴、谢瑞、刘学军、查文瑾等写作者在更加开放的诗歌文化背景中以更多元的价值观与更纷繁的创作技法步入诗歌创作。新世纪第一个十年以来，在"比特"时代、"自媒体"时代等纷繁的命名中迎来的是诗歌传播方式的巨大变革。尽管这也让当代中国诗坛更加混乱和芜杂，但以往诗歌写作者只有通过官方文学刊物、纸媒才能出线的局限得到一定程度的改变。在这样的大背景下，宁夏"80后"写作者大多走了一条通过网络筛选再获得纸刊认可的诗歌路途。在创作数量上，这个新生的群体也相对更加壮大，李兴民、马君成、郭玛、刘岳、马泽平、刘京、王西平、王佐红、马晓雁、许艺、马敦海、陈燕、丁永贤、马生智、米拉、陈永强、李文、田鑫、马璟瑞、王强等一大批写作者为宁夏诗坛带来了新的活力。在新的传播方式中，一些此前相对"沉默"的"60后""70后"诗歌写作者比如导夫、张富宝、木耳、周瑞霞、锁桂英、马杰、李向菊、刘天文、曹兵等经过网络淘漉显得格外耀眼。与此同时，"90后"诗人也以其殊异的教育背景、文化背景浮出历史地表。马骥文、禾必、冷瞳、石杰林、卢三鑫、马如梅、杨阿敏、何刚、刘庆烨等是其中的代表，尽管"90后"在人数上锐减，但这并不意味着他们的创作质量锐降。他们中的一些诗人在创作理念上、实践上已相当成熟，比如杨阿敏、何刚、刘庆烨等在校大学生的创作也给宁夏诗歌带来了新的希望。

第二节　宁夏当代诗人代际诗语特征

由于共同的时代语境，共同的地理与文化，使得某一具体地域中的诗人群落在代际上具有相对一致的诗语特征，在理论上是可以成立的。在比较一致的地理文化背景下，宁夏当代诗人群落在代际上是具有相对一致的诗语特征的。

一、"60后"代表诗人诗语特征简析

作为"中间代"的"60后"诗人"贯穿式的写作见证了中国当代诗界的历史进程"。在"归来诗人""朦胧诗""第三代""七十年代"之间游走，在"主流"与"民间"之间、在"粗鄙"与"崇高"之间、在"中国"与"西方"之间、在"传统"与"现代"

之间穿行，[①] 构成了"60后"诗人在整体上丰厚饱满的写作。在宁夏，"60后"诗人的这种贯穿式写作支撑着宁夏诗歌的脊架。在诗语特征上，"60后"诗人的诗歌语言在整体上也显示出丰富多样性和多层次性。在个体诗人的诗歌创作中，诗语的单质化比较明显。但这也不能掩盖其中佼佼者的诗语光芒，或者说，是将他们反衬得更突出。

在内容上，冯雄歌唱土地，歌唱乡村，他以雅致的喻体语言说出"大地上黄昏的谶语"。《乌鸦》一诗以层叠的追问结构，茂盛的隐喻赋予诗歌多义性。其诗歌意象也多从农事与自然世象中摄取："那些月光 那些水桶 / 那些映在水中的脸庞 / 秋风的吟唱将迷途的蚂蚁 / 找回谁的踽踽独行 / 将马车上的粮仓一扫而光"。这些并无直接因果联系的事物在直陈式的语言中被罗列，却因农耕背景而和谐共处，并因强大的文化背景使其饱蘸诗意。同时，疑问消解了单纯的物象描摹，使诗歌在抒情的向度上带有了思考的光芒。即使是"集合起所有的微尘 / 把乡村歌唱"，诗人豪迈的诗情总能使其诗歌歌唱得荡气回肠，从而在"最贫瘠的地方"高扬起粗犷、豪放、悲壮的西部气象。更能体现冯雄诗学自觉的诗作有《铁匠铺》《劈柴》《瓦》等，将诗歌与劳作行动完美结合而形成了浑然一体的诗境，在诗语空间上又开辟了相对多维的向度，诗歌主体的情感空间、诗词的织体世界、农事季候相交织，大大开拓了诗歌维度而使诗作显得丰沛厚实。更为可贵的是，这些诗

---

① 傅元峰：《寻找当代汉诗的矿脉》，北岳文艺出版社，2014年第1版，第33页。

歌脱离了单纯对土地母性体质的情感依恋而饱含诗歌语言探索的智性因素，"火在刀刃上唱歌 赤膊的人 / 让词语和词语说话"，诗人以铁匠般的锻打，锤炼语言，萃取语言中的诗意光芒，从而使诗人在做历史穿越的过程中并不因其"60后"的出身而在诗语上显得"过时"。

诗人王怀凌以一只《土鳖虫的歌唱》宣示了自己的诗学经验与理念。这只诗歌田野上的土鳖虫深情吟唱着他的故乡西海固，想要"为自己的生存留下证词，也为自己的经历留下依据"。与其诗歌理想相因，王怀凌诗歌最深刻的价值和意义也在于其对社会与当下的介入性上。城镇化带来生存方式与生活方式的急遽改变，农耕文明被城市文明取代的过程以及城市文明形成之初的种种"荒蛮"在西海固被放大。原本迟缓而漫长的时代更替在王怀凌这一代西海固人那里无疑是一场浩大的文化与精神动荡。作为诗人，王怀凌吟唱故乡之时成为这场巨变的记录者。另一方面，其建构地方历史、风物、人物交织的诗学使其诗歌充满了社会学的辩驳。[①] 在诗语上，王怀凌能够在丰富的生活经验中体悟并精确使用不加雕凿的语言直陈出对象物。《中秋夜·阴》一诗在语言上直陈了司空见惯的自然事象，不需要点缀，不需要桥接，不需要兑换……只有精准的剪裁，单凭诗题就是对写中秋写月明的诗歌河流的绵延与丰富。《长兄》一诗十分简约："每次回家，都睡偏房 / 今年，小弟把堂屋让给我住 / 他什么也没说。但我知道 /

---

① 牛学智：《文化现代性思想与当前宁夏文学题材透视》，《文学自由谈》
  2018 年第 5 期。

父母不在了，长兄如父／半夜惊醒／仿佛自己被岁月推到了悬崖边上"。虽依旧是散文化的叙述，诗语明白如话，在诗歌的换行上依赖于自然的语气停歇。但因为诗歌包蕴了深厚的人世经验而在情感上赢得普遍的共鸣。与冯雄相比，王怀凌的诗歌语言在整体上相对"单质化"，在诗歌维度的开掘上更忠诚于西海固大地上的生存景观呈现，同时，散文化的抒情语言使其诗歌相对"平面化"。但因为精确，其直陈式的语言同样获得了穿越历史的力量而赢得了恒久的魅力。

单永珍是宁夏诗歌写作者中较早具备了现代性特征的诗人，同时，在"60后"宁夏诗人中他也是最具西部气象的诗人之一。他的诗歌在力与美中更多呈现前者。不羁的性情使其诗歌关注更加宏阔的地理空间与更加深广的历史空间。在词语的选取上多充盈着雄浑奔放的诗情。"无限的荣光在于飞翔／寒冷的内心有超度念想／／三危山绝命的海拔／大地上的光阴走如奔兔／／一叶被偷走的风马旗／……敦煌啊！我带着飞天的梦想拼死一跃／留下羽衣霓裳／／天空啊！你无耻的广大里落木萧萧／我只带走飞翔。敦煌——"在生存空间越来越罅隙的当下，西部那神秘的天空已遥不可及。其粗犷的语言因缺乏对事物更精微的关照而在情感方式上与当下社会形成一定隔阂。尤其是其诗歌中遥远西部的意象很难在当下社会生存中获取读者的情感共鸣。反而是其《走西口谣》式的谣曲在民间性的弥合中更显生命力。历史语境的急遽更替对于每一位写作者都是巨大的考验，在写作者短暂的个体生命中，能够形成自己独特的语言体系已属不易，更何况适应甚至走在时代语境的前沿。单永珍在不断突破自己，2019年在《朔方》上发表的组诗《零件》中明显留下了诗人浴火重生的努力。

　　"60后"诗人中，杨森君是一位具有更清晰诗学版图的创作者。正如张富宝所言：显明的个性风格使其诗作早已超逸出地域性的阈限而具有了更普遍的价值。杨森君富含哲学意味的抒情在并无雕凿痕迹的陈述性语言中化开，如糖在水，无核无迹却又无处不在。在诗句上均匀地用力，但平静的语言湖面下波涛汹涌。随意摘取其中一首，比如发表于2002年第9期《人民文学》上的《午后的镜子》："迷离的光线与停摆的钟之间／一扇获得了宁静的窗子变得幽暗／／它构成空虚／它在我脸上衰老／／旧木上的黄昏／移动着花篮悬浮的影子／／我已习惯了／眼前可能掠走的一切／／我在墙镜的反光里，看到了／慢慢裂开的起风的树冠"。无须修饰，单凭直陈却能抵达目的地，这种诗语能力来自诗人的禀赋，来自阅读与启悟，也来自长期的书写经验。这首诗在整体上是一次凝思的行动。除去目光、思考，一切在午后的静谧笼罩之下于镜子反照中完成。几乎绝对的静止在明亮的午后时光中自然生成诗歌含义上主体的不安。在不安之寂静中，诗歌有了字、词、句、行、节与章。在换行上，该诗做到了诗思的换行，而非说话气息中断形成的自然换行。诗的换行要有意义上的跳跃，诗思上的断层，情感上的递进变化。最理想的状态是每一句有其独立的诗思空间，又在换行时与下一句之间形成梯级，如悬崖峻嶒，而诗意又能在无辞的换行地带流曳。不然，只能是无谓地另起一行，而非切换。在当下流行的诗歌写作中，常见的诗写方式是铺陈，或者用漫衍的叙事装点思想与情感枯竭的诗歌建筑，在收束之时以机巧造成"事故"，从而在意料之外完结篇章（这类文字可以重新命名，不必在诗歌之中讨论）。《午后的镜子》在墙镜的反光里迎来语词上的结尾部分："慢慢裂开的起风的树冠"。诗歌结束在名词地带，而非动作事件。但诗兴、诗味、诗意上，"诗"才在慢慢起风的树冠上打开。杨森君诗歌在凝望人世、凝思存在、谛听内里时，其"屏气凝神"的自制力来自诗人个性，也来自他对自我安放的态度："我肯定有一种死亡的美／衬托着一切生者"。

整体上，"60后"诗人在精神气质上是大气的，高昂的，也是深沉厚重的。在宁夏文学尤其是西海固小说惯于书写苦难的习性中，诗歌却独得豪迈。在诗歌语言上，"60后"诗人在本能使用语言的诗歌土壤中勇于探索，走上创造语言的开拓之路。

二、"70后"代表诗人诗语特征简析

宁夏"70后"诗人的创作并没有像"60后"那样相对整饬地出现。有些"70后"在"60后"呈现整体创作实力时就已登上诗坛。有些"70后"直至在新世纪第一个十年之后才于网络传播的环境中破壳而出。但在对诗人诗语特征观察时，这种先后与迟早会脱离出生年代的框定构成"70后"诗人诗歌语言经验整体的丰富性。在诗语特征上，"70后"更多诗人显示出个体诗语的复合性特征。

在"70后"诗人中，杨建虎较早步入诗坛。这位诗人以一种天然的浪漫情思深情吟唱了他所在的场域。他敏感、细腻的感受方式使其在呈现世界之时选取和剪裁了"白云""花朵"一样的纤敏美好的事物，又不免蒙上了美的易逝的忧伤。在诗歌语言上，清丽、明亮、隽永。在宁夏诗人集体歌颂豪放悲美的西部情节之

时，他的出现，为西海固贫瘠、干涸与苍凉的黄土地增添了一抹温柔的绿意，并形成了自己鲜明的风格。但明朗的诗语与散文式的表达并没有在诗艺上带来更多启示。

郭静是一位自觉用对象书写主体自我的诗人，他冷静的诗意与疏离的态度使诗歌并不过分热烈的拥抱又不决然的拒斥，而是："像一棵树一样倒下／听得见匋响或者什么也听不见／倒在宽恕着的大地上。这就够了"。他讲究的诗歌语言与关于存在的诗思在那些短章中以寓体的诗语得到轻松的呈现。《悬空的果实》中："我只看到果实／同好多人一样——／我看到她红艳、圆润，越来越丰满／我看到诱人的果香／仿佛裹着丝绸的光芒／穿过一片又一片叶子／照亮了整个果园／风轻吹 她晃动一下／我的心就咯噔一声／整个夜晚／我就在这种不安和担心中／彻夜未眠"。在语言上，并没有显得花枝招展，几乎临近口语的边缘，但在对心理描摹中，情感与语言都十分克制。在整体上，诗歌对自我内心焦虑和不安白描时，却是对人类心理的一种寓言。简约甚至平白的诗语下是安静、真诚的情感，而令其诗歌充满张力的元素来自质朴的诗语承载的疼痛与突破存在困惑时的挣扎。"整个夜晚，我躲进一间屋子里／为灵魂寻找一个出口"。直陈的语言中"喻"与"寓"同时在场，诗语兼取众长又呈现得十分自然朴质，这也是诗人应用语言能力的体现。

单永珍在西野诗集《青鱼点灯·序》中这样阐析西野："西野的选择是撕碎自己。那忧伤、痛苦、哭泣、呐喊；那些黑夜、乌鸦、黄昏、野草；那些姑娘、谣曲、背影、醉眠；那些光辉、思情、太阳、绝恋，都与西野保持着呼应，冷暖色调交相构成诗人的写作谱系。"从意象选取看，这些与西野密切呼应的事物并不能将其与其所处的诗歌历史背景拉开。但进入其诗歌潜行的针脚，就能看见他在诗语的锋刃上做过怎样的冒险和舞蹈。朦胧、多义和含混的隐喻使其诗歌托付出立体的意涵。"旷野上的月光已经起轿／大地空空，盛满寂静／鹰在水底清点雷声／鱼在子夜缝补翅膀"，从鹰击长空到水底惊雷，从拍击到清点，西野拆桥撤梯，让词与词、词与物的搭配以跳跃的方式呈现。他丰沛的语词与想象使其诗歌语言滔滔，诗思天马行空。

木耳的诗歌语言则从喻体走向寓体。张富宝在分析木耳诗歌时敏锐地截取其诗歌中"黑，一点点加深"来呈示木耳诗歌那精炼的语言所蕴含的深长寓意。不是我们在用语言表达，而是语言表达了我们。"黑，一点点加深"所要道说的意涵超越了诗歌写作者一时一地的思考，也蕴含了具体读者能够给予的解析并可能大于它们的总和。作为寓示性的语言，它说出了它本身，又暗示和寄寓着超出它本身的可指。例如《大湾》一诗："父亲追着契河／我追着父亲／我追不上了，就扯心地喊了一声'大'／于是，河水停了下来／／我看见父亲，缓缓回过头来／眼神浑浊，弯道纵横"，是父亲与我的血脉顾盼，也是历史之河流的绵延相续，又有其他可能。尽管在诗语上，从喻到寓看似走向疏简，但实际却提高了对语言精确性和对事物的把握能力，尤其在智性因素上要求诗人具有更深刻的哲思能力而非感性本能的单纯宣泄。

张富宝的诗歌语言则是喻体、寓体与冥思的混合体。他晦暗的诗美在逐字逐句锤炼过的诗语中得到呈现。即使倾倒出全部意义，它的诗歌也以诗语探索的经验之美，带来创造语言的启示。

比如《光的暗语》一诗："时间不能停留下来，像一只蜜蜂 / 悬在木棉的枝头 // 某个瞬间，我像是读懂了光的暗语 / 看它穿透我浅薄的肉身 // 一定有遭遇春天到达的人 / 口吐鲜血，站在桃花树下 // 一定有深于根的疼痛不能言明"。密织的喻体语言伴以预示的诗思形成晦暗的诗美。在此，索要明确的意义甚至是无谓的，更深沉复杂的诗思之下独特的诗语编织几乎是诗艺的纯粹呈现。

马占祥的诗歌语言是在文学体裁上作出的诗性弥合与兼取。《那么久远的事》《那么美好》，努力抗拒"诗"，倾诉的口吻、句内显露的戏剧性与故事性都仿佛在消解诗性。"我的抒情已经 / 凋零"，"我要对你说的是 / 那时，街道边的槐树还绿着"，"那么久远的事 / 像昨天"，既不依赖自然的语气转换，也不依赖诗思的跳跃，而是人为地中断，在中断处寻求未被说出的诗意，在诗行上又靠语义连缀。像王羲之的字，前后顾盼，在行云流水的语势中生成诗味。"人间的辽阔处几朵云还在浪迹天空"，"深深的沟壑里，遍布的草木 / 耗尽了无边的风声。我潜伏在你身边，暗生爱意"。化重为轻，在诗歌的质地上饱蘸了道家哲学的底蕴。

林混在口语诗炽热的年代就掌握了它的传塑技艺。他深谙"口语诗"的秘密，"诗到语言为止"，抛除语言的包袱，在口语化的诗歌写作中将诗语从茂盛的隐喻中解救出来，用叙事、直陈、日常的民间口语颠覆静雅绵密的书面诗语。当然，口语诗歌在应用不当和丧失诗艺标杆时很容易滑向口水诗的深渊。但林混的诗歌实验中还是诞生过值得吟诵的篇章的。比如《每天》："每天早晨起来 / 洗脸 / 刷牙 / 吃饭 / 床上的被子 / 放着放着 / 就失去了温度 / 我感到异常紧张"生命的温热、温情与温馨在每一天烦琐又机械的重复中流淌，在时间的流逝中悄悄降温，黯然冰凉。生命存在的无迹无痕、生命消逝的无声无息，带给每一个生命个体无影无迹的挤压和冲击。尽管近年来中断了他的诗歌创作而致力于散文书写。但他的诗歌探索在当代诗歌经验的意义上健全了宁夏诗歌诗语的版图。口语诗并不是诗语标准的降低，而是对诗人摄取语言的能力有更高的要求，对诗人裁剪现实的能力也提出了更高的要求。因为摒除了修辞，甚至放弃从句式中、从词语中要诗意，它更加萧疏的语言构造定然产生更大的难度。

谢瑞的诗歌在语言上显示出简洁的特征与散文化的倾向，他的诗歌往往在思维方式上取胜，例如《2月14日》《以倒叙的方式给一只羊生路》。在《以倒叙的方式给一只羊生路》中，他将一只羊从吃一堆青草到被端上餐桌的过程进行了倒叙："飘散的气又聚了回来 / 羔羊的呼吸渐渐粗重 / 它开始扑腾，喘息 / 刀子从脖子倒退着出来，血回到了腔子里 / 最初的捆绑一圈圈散开 / 它挣扎着站起，倒着追赶手提刀子的人 / 像刚开始被追赶一样，它跑不过他 / 那人退出了羊圈，它退回到母亲身边 / 绝望的表情重又恢复了安详 / 它们站在一起，呼吸平静 / 回头，那人没有拿刀子 / 站在羊圈外 / 微笑着看它们将一堆青草 / 越吃越丰盛"。诗歌让人想起雷平阳那首著名的《杀狗的过程》。但诗歌在叙事上没有《杀狗的过程》显示出的冷静与冷酷，每一句诗行都带着悲悯。当然，诗歌也没有像《杀狗的过程》那样显出尖锐的批判，而是给予一个弱小的生命以幻梦般的希冀。评论家牛学智对谢瑞的诗歌做过较高的评价："谢瑞的诗，只能放在当下社会分层中去读，他诗意的张力方可显现。这个张力，是他对几乎能看到的大多数流行诗歌价值的颠覆中，才一点点彰显出来的。这里面没有刻意的辞藻雕琢，没有诗歌技术主义所常有的浮皮潦草的毛病，亦没有'截句'所钟情的诗在写人的玄乎邪乎。他的诗所有的是对普遍性的忠实与专注，是对汉语表意功能的流畅呈现和对当下社会分层中个体危机的反复研究。"[①]

总体上，宁夏"70后"以更纷繁的创作技巧与更加明晰的诗学认知进入诗歌创作。在二十世纪末期大写的"人"的垮塌过程中，他们在对所处场域的思考与介入中已与前辈诗人有了明显殊异的精神气质与感知方式。与"60后"的大气磅礴相比，"70后"更加精微绵密。在诗语上更多个性化呈现，那种单质化、平面化的书写虽依旧在大部分诗人那里表现为一种欠缺与遗憾，但在本能的情感注入之外，更多诗人觉醒于诗歌语言，"70后"诗人在整体上更自觉地在诗歌中创造语言，在诗语上呈现诗思与诗美的完美结合。

三、"80后"代表诗人诗语特征简析

"80后"诗人在相对芜杂的网络环境中成长，他们中能够坚持写作并具有持续创作力和保持平稳创作水准的诗人并不多。

马泽平有着相对开阔的文化地理视野，他有意消解着中心与

[①] 牛学智：《近年宁夏文学个案短评五题》，见牛学智主编《宁夏社会科学院系列蓝皮书之〈2022 宁夏文化发展报告〉》，黄河出版传媒集团宁夏人民出版社，2022 年，第 207-208 页。

边缘的相对性，从外部的世界反观他身处其中的土地、民族与文化并给予其价值确认。但除却这些外在的技术，在诗语上呈现出诗意的立体性、多义性甚至故事性。"人们从山里运出干柴，粮食和墓碑／人们保留住前些时候的肃穆／于是我开始担忧你的近况，贫寒是其中一种／／我托人们给你棉衣，向你问好／／我叮嘱人们把缺憾还给你，一样也不能少／并告诉你：河水就要卷起浪花，我就要忘掉你"。所有的语言落在具体实在的事物上，但这些被植入诗歌的事物因为诗语的召唤而共同营造出一个诗性人世。从而弥合了词与物游离的当代诗歌缺憾，当然，这里的弥合并不能满足那种认为诗歌没有介入当下的痛诉者，却提供了难能可贵的一种诗歌向度。

王强是一个试图旁观自己的人。"从一张面孔里／向外张望"。这种观察方式与认知角度已足以将他同他的前辈诗人区分出来，而他完成这些并不依靠修辞。正如刘岳的品评："有一种诗不显山露水，不千转百回，不偷梁换柱，它跟随日常生活，静水深流。正经的笔写着正经的人正常的事，喻埋在'场'，属于深厚人生的那种据有。王强的诗就是这样。在我们站在芸芸众生中的某处，闭目还是环顾四周，我们感受的就是他曾表达的。这是好诗。"

刘岳是"80后"诗人中走得更玄远，在诗语上锤炼，萃取到"本真的诗歌"的诗人。斯奈德说："每一首诗都是从一个有能量的、舞蹈的思想领域中产生的，而它自身又包含着一颗内在的种子。诗人的大部分工作就是让这一颗种子生长起来并自己开口来为自己说话。"比如《水窖遗史》："我们等了很久。没有听到水的碰撞。//绳索依旧握在我们的手里。/我们用掏空的眼眶来回跑动的一只黑蚂蚁/想象系住的铁桶在如何晃动。"隐喻与寓示并行的诗语紧握住冥思又不失诗美。这是一位"80后"在当代诗歌语言经验上向更高的尺度与境界的一次成功弹跳。

四、"90后"代表诗人诗语特征简析

"90后"诗人队伍尚在形成期，他们的边界还不十分清晰，其中马骥文、卢三鑫、冷瞳等人的创作已引人注目。另外，刘庆烨、何刚、杨阿敏等校园诗人已在网络平台中崭露头角。"90后"诗人禾必因一首《日历》已在诗歌写作的质与量上能够脱颖而出。禾必的诗歌隐喻、冥思、叙事、寓示同在，旨归上可以看出年轻心灵对世界、对自我、对诗歌的探问更显迫切。他透明的探问、暗哑的思索有顾城式的敏感纤弱，明亮与忧伤。在感知世界的方式上又让人想起台湾年轻诗人宋尚纬，他们处世时的"镇痛"同病相怜。张富宝说："他的诗已经从积习的地方审美、流行趣味和农业抒情中脱离出来。"呈现出90后与其前辈诗人截然不同的知识背景与诗学修养，他的《日历》一诗，已经显露出某种'经典气质'，它将历史与现实、自我与集体、时间与命运等诸多问题融为一体，以一种极具张力和控制力的语言呈现出来"。他对宏大历史的诗性拷问蕴含在寓言性的诗歌语言中，也超出了他这个年龄段的认知与思考能力。

第三节　宁夏当代诗歌诗语特征的代际演进

　　个体诗人的诗语特征与其文化背景、时代背景、教育背景、知识结构、诗学背景、性格禀赋等都有密切关系，也会因个体差异而形成完全殊异的诗语特征。反过来，诗人的诗语特征也反映出以上因素的差异。正所谓"不是我们在表达语言，而是语言表达了我们。"当代中国的快速发展使得个体生命在相对短暂的生命里程中经历了宏阔的社会变迁。从代际整体看，社会生活、价值观念的丰富多元使得同一代际诗人呈现出纷繁复杂的创作倾向，即使如此，就诗语特征看，整体当代诗人的诗语特征也有比较明晰的代际特征。当代文学史在对当代诗歌进行梳理时虽多讲诗歌承载的内容，但整体创作从新时期以来现实主义的回归到朦胧诗到第三代诗人的口语化旗号，再到20世纪末的知识分子立场与民间立场分化，等等，都本身也体现出诗语的时代演绎进程。宁夏诗人在代际相续的诗歌创作中也在整体上经历着这种外在语言环境对其产生的影响。具体而言，从上述已经带有"偏见"的筛选与过滤的代际代表诗人主要诗语特征看，宁夏诗人语言特征在代际上表现出从"单质诗语"到"复合诗语"演进的粗线条。傅元峰在观察新世纪诗歌的代际特征时认为新世纪之后新的代际诗语"将以诗歌精神内涵的丰富性为主要特点"，在语言上从单质诗语走向复合诗语。单质诗语典雅平顺，所有意象与意境的形成居于同一个平面，抒情者与人群共居同一维度。复合诗语更显出心灵的丰富层次，诗语则具有哲学的底蕴，诗语所开掘的空间具有多维特征。宁夏诗人在创作上从"60后"到"90后"的相继创作在整体诗语特征上生动体现了这一趋向。

"60后"诗人十分突出的普遍倾向是对西部的呈现。与此关联，豪迈、苍凉、悲壮的精神气质灌注在"60后"诗人诗作中。这决定了他们诗歌中的景观选取、意象选取、语词选取。当然，从更高层面看，这是一代人面对世界的姿态——高昂、大气、雄浑。在表达对西部情感的同时，他们也深情歌唱了他们植根其中的故土。作为从农耕土壤中生长起来的一代诗人，他们诗歌中倾注了对大地母性体质的眷恋。与宁夏小说尤其是西海固小说中的苦难书写习性不同的是，诗歌在进入这片苦土之时却依旧是充沛的高昂的人的精神气质。诗人们并没有臣服于"不适宜于人类居住"的恶劣自然环境，反而从中体味和表达了这种生存背景激荡起来的豪情。在诗语特征上，大部分"60后"诗人继承了过往历史中的高昂语调，建筑诗歌的过程中多采用散文式的表达。一部分诗人也继承了朦胧诗的遗产，甚至将朦胧派在"阅读事故"造成的朦胧发展为建立在喻体诗语基础上的朦胧、多义与含混。

"70后"诗人诗歌中的"西部"更多呈现为更加疏离和边缘的姿态。在精神来源、诗学认知等方面显出更加纷繁多元的诗歌面貌。有依靠情感的自然流泻应运现有的语言做散文化、单一的故土家园情怀抒发；有通过密织的意象连缀形成的艰涩、难懂与晦暗之美；有在清谈中撷取悠远意境又不失传统生命哲学观铺垫的散淡；有"诗到语言"为止的口语创作尝试；有不在字里行间纠缠而在篇章整体上给予诗性寓言；有方言入诗的实验……总体上，"70后"宁夏诗人在当代诗歌所行经的各个语言角落都有到访和所得，因此，显出丰富多元的语言风貌。

"80后"诗人在芜杂的网络环境背景下显出更多分化，但也对照出这项"少数人"的事业在个别诗歌写作者那里可贵的语言追求。他们往往摒弃了令人眼花缭乱的编织技术，而追求更加凝练的诗语表达，其凝练性不仅表现在对表达内容的概括力上，更表现在诗语中喻与寓的蕴藉、智与美的撷取上，从而在简约诗语中召唤出诗性。"90后"诗人尚未形成代群创作势头，但他们中的个体诗歌写作者已经显示出一定创作实力。在更明确的诗学追求中其诗语在个体写作者那里显现出丰富性。

当然，这是就代群诗语特征整体而言，对于更卓越的诗人，他们往往没有"同代人"，因为他们总走在时代前列，或者掌握了恒久的语言能力而具有诗语的历史穿透力。作为诗语特征，在个体写作者那里原本只是差异，没有高低优劣之分，唯一的标准是其语言的有效性。而且从大的历史角度看，以上诗语特征在悠久的诗歌长河中并不新鲜，但在相对短暂的当代和相对局狭的宁夏来看，新时期以来现代新诗的诗语描绘出这条曲线：从平面化、单质型向着立体化、复合型诗语发展。与中国古代诗歌以及现代新诗发展长河中已积淀的诗语经验看，宁夏诗人诗语在整体上纷繁多元的面貌下也存在欠缺：一是对古体诗歌表达经验的传承不够；二是诗歌缺少厚实的哲学基础，从而局限了其诗语整体上的多层面与立体性；三是缺乏意象的创新；四是作为创造语言的艺术，宁夏诗歌在整体诗语提供的新的语言经验并不十分丰富。但宁夏诗人已经以宁静与疏离的姿态走在"通向语言的途中"。

20世纪中国的社会动荡与"人"的主体自我的无处安放在话

语层面呈现为语言的不断变革和新的追求。张向东在《20世纪中国诗歌语言观念的演变》一文中指出："从某种意义上说，现代中国人的漂泊状态和危机感正是现代汉语的不稳定状态中生成的。"①但从另一方面看，这种不稳定状态也是诗歌语言觉醒的确证。当代诗歌在20世纪后半叶经历了从政治化写作到个人化写作的嬗变，同时，当代诗歌也在诗学本体的纵深中不断探索与提升。在当代诗歌语言觉醒的过程中，诗人、理论家在世纪末即认识到当代汉诗"汉语诗性"重建的重要意义。郑敏在探问民族母语、文学写作和文化继承与发展的相互关系中回顾了20世纪百年汉语诗歌新变过程中的得失，从民族语言发展变化的规律性角度指出"若想抛弃汉语的根本象征、指事、会意等以视、形为基础的本质，将其强改为以听、声为基础的西方拼音文字，无疑是一次对母语的弑母行为"。②百年过去，人们还在讨论中国现代新诗的文体、特质、评价标准等问题。但不管怎样，我们所书写的新诗依旧是汉语诗歌，呈现和探索汉语特性与魅力是汉语诗歌在语言上要承担的重任。宁夏诗人以对诗性语言代际相续的追求已自觉于这份责任。

---

① 张向东：《20世纪中国诗歌语言观念的演变》，《甘肃教育学院学报（社会科学版）》，2004年第2期，第37页。

② 郑敏：《世纪末的回顾：汉语语言变革与中国新诗创作》，《文学评论》，1993年第3期，第17页。

第二章 身世与语言

艺术的风格与范式是作品在整体上对创作者独特面貌的代表性呈现。艺术家风格与范式的形成并非主观意愿所为，它是艺术家所处时代语境、个人生活经历、艺术素养、情感诉求、审美取向等共同抟塑的结果。无论对艺术风格与范式做怎样的分类，无论是何种艺术风格，它都烙印着创作者独特的个人精神气质。阿甘本认为"风格并不纯粹是一种写作的方式，还是一种存在样态，它将话语的表达方式与生命形式紧密地联系起来。"[①] 表达方式蕴藉着创作者的生命形式，其生命形式也投射在表达方式之中，它们共同形成一个写作者可能独一无二的艺术风格与范式。

第一节 "我即废墟"：中年状态下杨森君诗歌的艺术特征

杨森君诗歌在以往的研究与观察中大都从地域性出发，挖掘

---

① [意] 吉奥乔·阿甘本：《风格本体论》，蓝江编译，《文化研究（第44辑）》，2021年第1期，第83页。

其中的西部气质与风骨。但在外显的西部气质与风骨下，杨森君实质上是一位区别于所谓西部诗歌的智性写作者。杨森君诗歌更为幽深的悲悯与忧伤来自世事沧桑与人到中年时"我即废墟"的生命感受，这一生命感受借由肃穆、荒凉的西部景象得以呈现。从已出版诗集[①]所纳入的作品看，杨森君全部的创作成果几乎都出自中年——不仅指肉体和精神上的，也涉及写作者对诗歌与世界的认知。他的全部诗作中几乎都弥漫着人到中年的气息：沉静、内敛、孤寂、缓慢、持重、节制……杨森君不止一时一处地强调："我的写作就是我的身世。"忠于自身生命体验与生命体悟，使其诗作完全是其生命意识的投射。人到中年的生命状态直接投射进他的诗歌作品之中，不仅表现在诗歌的内容层，也表现在诗歌的形式层。正如沈奇所言："诗是语言的艺术，诗的实现首先是生命意识的内在驱动，是自由呼吸中的生命体验与语言经验的诗性邂逅，但其落实与文本最终是语言的实现。"[②]在形式层面，写作的中年状态、"我"即"废墟"式的隐喻结构、诗性玄思高度融合的诗歌质地、简净而富蕴藉的诗语等共同构成杨森君之所以是杨森君的艺术特质。杨森君诗歌几乎完全摒弃政治与历史，甚至拒绝世

---

① 杨森君已出版的诗集有《梦是唯一的行李》（香港天马图书有限公司，1993 年），《上色的草图》（重庆出版社，2005 年），《砂之塔》（华龄出版社，2006 年），《午后的镜子》（黄河出版传媒集团宁夏人民出版社，2012 年），《名不虚传》（黄河出版传媒集团宁夏人民出版社，2014 年），《西域诗篇》（作家出版社，2018 年），《沙漠玫瑰》（黄河出版传媒集团阳光出版社，2019 年），《石头花纹》（黄河出版传媒集团阳光出版社，2021 年）。

② 沈奇：《诗心 诗体与汉语诗性》，陕西师范大学出版社，2016 年，第 3 页。

俗的人间烟火生活，以万物观我，以我代万物言说，他将诗歌托靠给生命伦理，站在生命立场上凝望人世、凝思存在、谛听内里。

一、写作的中年状态

杨森君的中年似乎来得格外早，跋涉得格外漫长，又感受得格外深切。即使以《梦是唯一行李》的出版时间为限，两首《废墟》的出现均应在诗人三十岁之前。但两首《废墟》均非旁观，而是观我之作。是废墟，必是处于衰败的途中，走向消失的途中，又心存往昔的记忆。废墟隐喻了人到中年，以走向衰败之躯承担更为沉重的在世负累。以时令喻，人到中年便是步入人生的秋天，即使绚烂，但已是斑驳之绚烂。"这一切都会消失"（《寂静》），"它还在消失"（《清水营湖》）……杨森君对一切处于衰败、消逝、消失的事物具有格外敏锐的感受力，他不厌其烦，在每一部诗集中都有废墟般的中年心态的流露，到《西域诗篇》几乎每一篇章中都在捕捉、道说衰败、消逝与消失。他有时怀有悲悯，比如《草木之歌》，"它们现存于世，但不长存于世"，对于它们因"似乎永远看不清未来"的无知而怀抱的欢愉，诗人说："它们的欢愉也是我的 / 我要为它们守住这个秘密"；有时转为达观，例如《水石沟林区》，"发黄的落叶，是造物 / 取走了喧哗的沉静 / 是一个人面对色彩终结时简单的荒凉"，但，当"我俯身捡起一根枯枝 / 它已转世为木 / 仔细看时 / 一些方向一致的纹路 / 仿佛还在携幼兽迁徙"，连一根枯木都有来世，都在自渡、渡人，我又何须悲观；有时甚至表现出兴奋，例如《落日下的旷野》，"有人喜欢上了遍

地盛开的金盏花 / 我只对荒凉情有独钟"，甚至肃然起敬，"落日开始下沉 / 也不是圆的 / 它更像一根粗大的木桩 / 在远处静静地燃烧"，是木桩，燃烧便是它的本分，一根木桩，多么勇敢，领受了燃烧的命运，纵然成灰，它的安静，显出压倒旷野的力量；有时他又自怨自艾，例如《平静之河——马克利油画配诗》，"我已经是一个年逾五十的人了 / 不可能再与他们中的任何一株 / 交换容颜"，面对一幅画中永恒的盛开，允许处于流逝中的人有瞬间的孱弱；有时，他甚至主动步入消逝的时光之河，以回忆的姿态抚摸消逝的纹路，例如《白雪》，"从早上我就开始回忆了"，"我的另一个参照是什么，雪始终是 / 白的，它还有没有别的燃烧的方式 / 它的深处还有多少剩余的木香"，"白雪抛出寂静的树梢，它的叶子整齐地 / 飘向湖心是去年秋天的一个下午"，以空间转化时间，让时间成为可以停泊，可重新步入之地……已是一片废墟的中年，有多么斑驳，就有多么绚烂。而这也是人到中年的中年写作状态所带来的极致诱惑。欧阳江河在《1989年后国内的诗歌写作：本土气质、中年特征与知识分子身份》一文说："中年写作与罗兰·巴特所说的写作的秋天状态极其相似：写作者的心情在累累果实与迟暮秋风之间、在已逝之物与将逝之物之间、在深信与质疑之间、在关于责任的关系神话和关于自由的个人神话之间、在词与物的广泛联系和精微考究的幽独行文之间转换不已。"[1]尽管由于个人人生历程、写作经历、所处地域环境与具体历史处境并不同，但杨森君饱蘸废墟气息的中年写作状态正是已

---

[1] 欧阳江河：《站在虚构这边》，四川文艺出版社，2018年，第33页。

逝与将逝两个端点之间的彷徨与犹疑。不过，杨森君的注意力并不在世俗生活所带来的生存之累上，他几乎全部的执着都在精神存在的困境这一层面上。中年是一种人生状态和写作状态，笔者并不想以"中年写作"一词将其僵化为一个概念或名词或被限定的理论。状态是开放的，边缘处是模糊的，处于新的生成的可能性之中。

在杨森君的诗歌中，除了以空间属性的废墟隐喻、除了以时间属性的秋天作比，他也常以"午后""下午""中午"等时间来形成对中年的缩减与定量，从而可以模具般度量、描摹中年。

午后的镜子

迷离的光线与停摆的钟之间
一扇获得了宁静的窗子变得幽暗

它构成空虚
它在我脸上衰老

旧木上的黄昏
移动着花篮悬浮的影子

我已习惯了
眼前可能掠走的一切

> 我在墙镜的反光里，看到了
> 慢慢裂开的起风的树冠

午后的镜子正是一种中年镜像，更是一种中年心像的投射，这投射映现于我的脸上，现出衰老，构成空虚。在中年，我已安静到如迷离光线中停摆的钟表，如废墟般，被一种安静所控制，在几乎绝对的安静中观察：迷离的光线的运动，旧木上的黄昏的行动，它们移动着花篮悬浮的影子，亦是我中年之影在光线中被移动。此时，我的心似乎已静如止水。"我已习惯了／眼前可能掠走的一切"，已逝的告诉我，将逝之物离我而去的不可逆转，我在它们的身上也看到了时光从这一场域带离我的不可逆转，在置身光影中的万物那里，我看到了我的镜像，它们都是我的中年之镜。作为持有诗歌写作权杖的诗人，也在中年之后，以写万物而写我，也借我替万物说话。而真正的镜子中，投射的是慢慢裂开的树冠之身影，在慢慢裂开的树冠上，我看到了风的影像。《午后的镜子》似一段默片，通过蒙太奇的剪辑，呈现出一个梦境——人世镜像——在中年以后被看见、被懂得。

正是那早来的中年，那漫长的跋涉，那深彻的感触，使得杨森君诗歌中笼罩着薄纱般的忧伤，其中不乏宿命感的成分——作为生命仅此一次的人的宿命。电影大师基耶斯洛夫斯基曾用影像语言探讨过这一宿命，并对生命的"再"给予过悠悠怆情般的希冀，但即使影像也未能给予他慰藉。对于写作者的杨森君而言呢？是否"写作就是永恒的开放、永恒的流泪、永恒的握手、永恒的歌唱"？在《顾不上心碎——北斗 VS 杨森君对话录》一文中，杨森君说:"我从没有像现在这样佩服过命运的强大。我认了。我想通了。我全部的乐观只保留在一个字上:写。"[1] 写是一种状态,一种行动,是对强大命运的对抗,而诗,是对时间的有效对抗。最有效的对抗方式就是写出能"与时光并往"的诗歌。"诗就是拯救时间,赎回世界的一种方式,并将诗人'对时间的胜利'铸入形式,通过形式,使记忆的真实获得存在的场所。"[2] 但似乎真正的中年状态便是不对抗。"没有什么可惊奇,也没有什么可低落 / 雪挂千里,我也只能看到 / 这座城市的一角,白茫茫的雪"。接受我的有限性,接受生命的有限性,便不再有桎梏,不再受限制,反而获得了开放与无限,获得内心的平静与自由。"我已到了中年,看雪就是雪,一场雪而已"。中年不过是明心见性,本当如此的境界。它也意味着自我的稳定,不再有什么能够轻易撼动。对于一个写作者而言,无外乎拥有了自己相对稳定的写作理念、结构与谱系。

二、"我即废墟"式的隐喻结构

伴随着早来的中年,"废墟"也较早进入杨森君的诗歌,仅其第一部诗集《梦是唯一行李》中,就收录了两首同题诗《废墟》。虽然同题,但诗歌语言的迥异,为两首诗同时进入诗集提供了充分的理由。作为母题的"废墟"如泉眼,开始经由两条不同的语

---

① 杨森君:《草芥之芒》,九州出版社,2010 年,第 204 页。
② 耿占春:《隐喻》,河南大学出版社,2007 年,第 187 页。

言道路汩汩流淌。第一首中尽管散布着修辞，总体上是在怀疑、喟叹与重生的路数上做命运的线性陈述。第二首在文字上带有杨森君早期诗歌十分简洁的语言风格，却在有限的诗节中用了并置的结构、类推的思维模式、空缺悬置的技巧与疑问的表达方式，总体上曲折喻示主体自我的废墟状态，并传达出在"我荒废的时候"谁来呼唤的疑问。尽管第一首在诗语上因某些时代伤痕使其不能成为"与时间并往"的佳作，但这一首对从整体上观察杨森君诗歌具有近于"文学史"的意义。"石头死了""谁也无法将过往的岁月收回""……背对世人／一如逃生的蝴蝶／把梦的颜色涂在翅膀上／剩下的　就只有飞"，这些诗句在传达出与世界相处的方式之时包含了杨森君此后诗作中反复征用的物与象：石头、蝴蝶、梦的颜色、无法收回的过往岁月……如果以诗集的出版为线索看，直接以"废墟"为母题的诗歌，在《上色的草图》《砂之塔》《午后的镜子》《名不虚传》中是细流汇聚的过程，到《西域诗篇》中，终成气候。其中，《镇北堡》一诗被以上诗集一再收录，除了诗作者在艺术上对该诗的确认，也包含了该诗因对诗人深彻的表达而得到的殊遇。

> 这一刻我变得异常安静
> ——夕阳下古老的废墟，让我体验到了
> 永逝之日少有的悲壮
>
> ——《镇北堡》

按照破折号的指示，如果拆解，重新排序，这首诗也可以有这样的理解：我——废墟。安静，古老。在夕阳下，我让我体验到了永逝之日少有的悲壮。也就是说，"我"和"废墟"在此具有结构上的同构性、特征上的互喻性、意义上的互释性。我受制于安静，废墟也受制于安静；夕阳覆盖着废墟，夕阳也覆盖着我。当然，也具有同一性——当"我"是废墟之"我"时。此时的"我"让"我"体验到了终将消逝的命运的悲壮。"夕阳"也借"我"说出它所体验的悲壮。就"永逝之日"而言，该诗具有与"夕阳无限好，只是近黄昏"相同的哲思结构，但该诗没有落入"只是近黄昏"的喟叹，在风格上，它呈现出的是壮美。

　　悲壮满蓄力量，是热烈的，等待决绝的迸发；悲凉带有无力的叹惋，是逐渐的冰冷，等待寂灭。诗中之"我"体验到的之所以是悲壮，而非悲凉甚至凄凉，是因为在时间之尘的湮灭中，"我"握有存在过的证据，它是能与时间抗衡的剑柄，也是作为诗人而持有的道说的权柄。更何况，有作为诗的虚构的浪漫给予慰藉——超越时空，疗愈喟叹。

　　作为修辞，"隐喻是以一个异质而同值的语词'置换'在常规词序中应该出现的语词"，其意义"不在于'替代'，而在于双重影像、双重含意、双重经验领域的'同现'作用。不出现的以缺席的方式出现了，而出现的则以喻体的形式隐匿了自身"①。同时，这些出现并非相互无关的出现，它们之间可能会在诗歌的"语言反应"——类似于化学反应——而生成全新的效果。在杨森君的诗歌中，隐喻不仅具有修辞的功能，更具有结构的功能。这个

---

① 耿占春：《隐喻》，河南大学出版社，2007年，第146页。

隐喻的结构建立在类同关系的基础上，它是非连续、非因果的，它将隐喻的表意功能从单个局部释放出来，扩展到了篇章结构中，更扩展到了诗人整个的诗歌谱系中。海德格尔在探讨特拉克尔诗歌时说："每个伟大的诗人都只出于一首独一之诗来作诗。衡量其伟大的标准乃在于：诗人在何种程度上被托付给这种独一性，从而能够把他的诗意道说纯粹地保持于其中。"[1] 结构有效地使一位诗人的诗歌谱系既丰盈又聚合在同一"场"域之中，从而构成独属于他的语言世界与诗歌世界。就整个诗歌谱系而言，杨森君诗歌中所有置于时光之中的事物都与"我"与"废墟"具有存在意义上的隐喻关系。从时光的消逝中看过去，一切皆是废墟。"这一切都会消失"（《寂静》），"它还在消失"（《清水营湖》）……所有处于消失中的事物都是废墟一座，包括"我"。不管是生命体还是非生命体，不管共同生存还是素不相识，因为这共同的命运，诗人充满怜惜地与其所在的世界相处，与一切共在的事物相处，哪怕是落日，哪怕是一株草木。

> 它们现存于世，但不长存于世
>
> 时光流逝，不易察觉
>
> 它们终将被慢慢地摧毁
>
> 但是，这一刻还没有到来
>
> 它们在日暮时分的样子

---

[1][德]海德格尔：《在通向语言的途中》，孙周兴译，商务印书馆，1997年，第30页。

似乎永远看不清未来

它们的欢愉也是我的

我要为它们守住这个秘密

——《草木之歌》

为它们守住这个秘密，也是对"我"的抚慰。但从诗人的"职责"出发，隐喻结构即有效的抚慰方式。隐喻所依赖的类同关系不出于时间的线性持续状态，而是在不同的经验世界之间建立的共时性关系与空间形式。因此，耿占春援引艾略特《论但丁》的断语："隐喻不是一种什么写作技巧，而是一种大脑的思维方式，'这种思维方式提高到某一高度就能产生大诗人、大圣人和神秘主义者'。隐喻的语言和思想方式既利用了时间又否弃了时间，建立了永久的同时性和空间形式，即建立了永恒。"[①] 从隐喻结构出发，杨森君诗歌中的我、西域、旷野乃至生命，这些"时间的象"都可以被"废墟"替换，也可以说它们是"废墟"的另一种显现。而"废墟"恰恰是时间的空间化，一座废墟让时间也有了生涯，从而也消解了时间对我们而言的不幸。

三、高度融合的诗性玄思

追本溯源，隐喻结构不仅是一种诗歌行为、一种语言行为，也是一种心理行为、一种文化行为，更烙印着人类的原型思维，

---

① 耿占春：《隐喻》，河南大学出版社，2007 年，第 184 页。

这一思维的基础是波德里亚所指"象征交换"的语境。然而，当我们的认识和思维越来越趋于科学化、信息化、数据化、程序化，万物不再具有神性，万物的物性边界清晰明了，事物仅仅退守为没有观念中介的物质性之中，社会象征体系逐渐瓦解，象征交换让位于等价交换，我们所处其中的世界转变为一个失去象征的世界。"这意味着诗歌话语与它仍然继续存在于其中的现代社会语境之间出现了一种断裂"，[①] 而语境的转变，迫使诗歌语言不断变革。20世纪80年代中期以来，"第三代诗人"在时代理想失落中掀起了以反英雄、反崇高、反传统、反理性、反文化、平民化为艺术特征的诗歌浪潮，打着"诗到语言为止"，"让诗回到语言本身"的旗号反意象、反修辞，拒绝隐喻，追求诗歌的口语化、日常化。从《尚义街六号》《有关大雁塔》等"第三代诗人"中坚代表于坚、韩东们的诗歌呈现的精神气质看，他们的诗歌摒弃了附加在物性上的神性与神秘。从代际结构上与于坚、韩东们几乎处于同一营垒中的杨森君远在西部边陲，很少被那场浪潮所波及。当然，这也并不意味着杨森君完全拒斥，他也接纳其中合理的、有益的部分。在一份《中国诗歌调查（问卷）》中，他坦言"别说80年代了，到了90年代，我的写作都一塌糊涂。没理性，没理想，没方向"。[②] 当然，这多少是自谦，出版于1993年的第一部诗集《梦是唯一行李》可以证明这一点，那里面收录了至少在他自

---

① 耿占春：《失去象征的世界——诗歌、经验与修辞》，北京大学出版社，2008年，第40页。

② 杨森君：《草芥之芒》，九州出版社，2010年，第188页。

己看来可以称得上能够"与时间并往"的一部分诗歌，他一而再
将它们收录进他后来的几乎每一部诗集之中。在与北斗的对话中，
他说："《主观唯心主义的一次突破性实验》是我学习了我十年前
的写法写出的一首。"[①] 一个写作者在什么地方需要向十年前的自
己学习，学习什么？一个自省的写作者，十分清楚，成功的写作
不可复制。但正如前文所言，收录了其早期诗作的《梦是唯一行
李》中，的确有不少诗、思、象浑然天成的天赋之作。它们值得
他不断重返，重温那些类似"天启"的现场，重拾某种能力——
类似维柯所指为"诗性的玄学"的能力。在维柯那里，诗性的玄
学不是理性的抽象的玄学，这种玄学是"毫无推理的能力，却充
盈着敏锐的感觉力和丰富的想象力"的原始人的能力，是他们的
诗，"诗就是他们一种天赋之能（因为他们天生就有这些感官和
想象力）"。[②] 当然，维柯之所以把它称为一种玄学，是因为他所
指称的那种诗的玄学、诗的智慧仅仅是毫无推理能力的原始人、
对各种原因生来就无知的原始人发达的感觉和想象力的呈现。杨
森君诗歌中的诗性智慧与灵感的确似天赋之能。他对万物具有超
乎寻常的感知力，近乎通灵。他无须懂得类似于坚的"那一套"，
他无需像于坚那样，将自己装扮成一场法事的"巫师"[③] 才能"看
到某些在现场但没有显性的东西"。天性与天赋让他自己就能看
见并能道说。也是这种超乎寻常的感知力，使他的诗歌中葆有象

---

① 杨森君：《草芥之芒》，九州出版社，2010 年，第 203 页。

②[意] 维柯：《新科学》，费超译，京华出版社，2000 年，第 13 页。

③ 傅元峰：《有诗如巫——于坚诗歌片论》，《当代作家评论》，2010 年第 3 期。

征交换语境下领会万物之间神秘关联的能力，也使他具有在诗中
让万物成活的能力。杨森君似乎可以完全依凭"诗性的玄学"便
能成诗，他拥有开阔的诗歌对象世界，天赋之能使他能看到那些
在现场但没有显性的东西，不索解、不诠释、不作答，他似乎只
需将所见的物的秩序经由诗歌转述便可带来召唤。

物　体

　　旷野上，一列火车呼啸着
　　擦了过去——

　　铁道一侧的落日，完好无损。

　　仅是视觉感受，有摄影作品的质感，甚至完全拒绝逻辑思维，
没有任何一个词是他创造发明的，他仅仅是看见和说出。所看见
的视像是物与物的关系，它们在某一个时间点的共同场域中自行
排序，并被他看见，他说出了他所看见的序列，并说出它们在时
空中的序列。诗中具有主观判断的地方仅在结尾部分："铁道一
侧的落日，完好无损"。如果非要阐释，那么，这样的时空排序，
是一个自然力与机械力的交锋时刻。但诗人给出的是一种状态，
一种关系，任何一种带有线性的思索阐释都不能穷尽一种状态和
关系。但杨森君的确并非"巫师"，并非"转述者"，并非象征交
换语境中的遗民。杨森君在接续传统的同时，带有强烈的现代性，
也带有强烈的个人风格。成就杨森君诗歌的不单是超乎寻常的感

知力，而是幽玄与沉思与诗性的共在，或可称为"诗性玄思"。台湾诗人罗门在《梦是唯一行李》的序言中对他那类不可复制的诗歌做了相当深刻的赏析。

习　惯

马比风跑得快
但马
在风里
跑

罗门说："不到十二个字，但透过'象征'与'超现实'的暗示与缘发性所产生由微观到巨视的放大镜头上，竟看到人类生命存在的一个永远无法突破的氛围与一个带着宿命性的无可奈何的存在模式。"[①] 这类诗歌的诞生时刻，是诗的时刻，也是哲学的时刻，其中饱含了智识与沉思。它不是单纯的感受呈现与对仗押韵层面的造句，而是参与了人作为存在主体关于存在的思考。江弱水在《诗的八堂课》中讨论了诗、思并举的"玄思"，并指出"现代诗更是一种情感与机智、感受与冥想的综合"。[②] 也正是这类带着玄思的诗，使得杨森君在继承传统诗歌气质的同时，拥有了现代性，他的诗歌处处有对存在、自然、死亡、

---

① 罗门:《直接与生命对话的诗人》,香港天马图书有限公司,1993年,第2页。
② 江弱水:《诗的八堂课》,商务印书馆，2017年，第105页。

永恒等主题的沉思玄想。这些沉思玄想也是写作的中年状态呈现出的贵重品格之一，是它们开拓了杨森君诗歌的精神疆域与思考深度。但需要强调的是，杨森君从未将这些沉思玄想彻底拉入纯粹的理性哲思境地。他的诗思总寄寓在诗的形象思维与审美行动中，所以他诗歌的玄思是诗性的玄思，在带来具有诗性审美功能的同时也具有诗性哲思的功能，并且，在它们共同融合的过程中有了新的生成——启示。

四、简净且富蕴藉的语言

从第一部诗集《梦是唯一的行李》开始，杨森君的诗歌就带有强烈的简净与澄澈的特点。甚至为达到简净与澄澈，他有过过度减省的学习阶段。但即使在领会了描述的重要与神奇之后，他的诗歌语言也基本保持了简净与澄澈。清简的语言让他的诗歌有时看上去飘逸玄远，但在大多数诗歌中，清简的语言所呈现的轻却蕴蓄着难御之重，这也是其诗歌的张力之一。总体上看，形成杨森君诗歌语言简净且澄澈的原因大约有以下几方面原因。

第一，杨森君尊重事物的原初语境。在《沙漠玫瑰》的序言中，他说自己可以不用冥思苦想，就能轻易写下它们。正如前文所引《物体》一诗，他不安排，"不捏造事物的命运"，仅仅说出它们的自在状态即可获得启示与开放性的艺术空间。天地之间，万物自有秩序。尤其大自然之中，不着人迹的事物与它周围的环境之间天然形成了一种原初语境关系。

一块立石

石头上的雕刻

有人物，也有羊只

通向它们的路径不止一条

其中的一条上

走着一位穿红袍的僧人

——《乌素土镇印象》

　　并非诗人的刻意安排，他只需要说出，说出之时，他只需要掌握最简单的语素。对事物原初语境的尊重是出于生命立场，对生命伦理的尊重。很多时候，西域的古朴荒芜已为他剪裁好了最简约的图景，这也是西域对杨森君的巨大诱惑之一，似乎在那里，"大漠孤烟直，长河落日圆"的诗句如天然玉石般俯拾皆是。

　　第二，尊重语言的日常逻辑，不生造词语，不发明语序，不蔑视世俗大众语言，用最简洁的语言展现无限的诗性玄思。

叶尔羌河滩

河滩上的卵石在发光

白昼下，我远远地看见它们

当我重新打量它们时

它们是黑色的、白色的、浅灰色的

那是我来到了它们中间

单从语言上看，从简洁到简单，完全没有超出日常逻辑的词语搭配，更没有词语的生造，也没有奇异的词语组合。在意义之外，简洁的语言为诗歌在形式上带来了仿佛才诞生一般的新鲜与自然。只有在使用判断句的时候，诗歌才露出人迹。但这首诗在简洁的语言中，蕴含的却是说不尽的内蕴，甚至如神谕，只需反复念诵，无须阐释。

动用"符号"自身蕴蓄的能量，达到以最小面积的语言承载最大面积的内涵。比如前文中所提到的"废墟""蝴蝶""石头""落日""白色"，等等。这些都是杨森君诗歌中多年反复出现的事物，有时他把它们意象化，有时他完全只保留它们的物性。但这些事物一旦作为符号进入诗歌，就以它们自身所积淀的文化内涵而为诗歌带来丰沛的意蕴。比如"蝴蝶"，尽管诗人可能仅仅因为喜欢蝴蝶而反复征引，但当这个本身携带者"庄周梦蝶"的文化符号进入诗歌的时候，自然给诗歌带来迷离的梦幻气息与东方哲学之美，它自身含有对"真实"的怀疑气质，也可能给诗歌带来作者所没有意识到的其他指向。

对诗语"名言警句"式的锤炼，的确有神来之笔，有浑然天成的时候，但优秀诗人都有铁匠般锤炼语言的技艺，杨森君也不放弃他炉火纯青的这门手艺。

> 只要今生黑过一次
> 就不配说自己有过雪白的一生
> ——《我用中年的眼光看一场大雪》

我肯定有一种死亡的美

衬托着一切生者

——《西域的忧伤》

世间，有一种美

让人后悔

——《蝶》

一枚松针的微小，可以局限我

一座山的庞大，也可以局限我

——《鹅嫚山秋色》

我只是感伤于这里的荒凉

它让我不得不在目睹了一系列的死亡之后这样
说——

这里，除了它是大地的一部分，再不会拥有其他的
荣誉

——《苍茫之城》

它们无比宁静的模样

仿佛从来没有被人目睹过

——《拉卜楞寺》

我被什么要求着，我一无所知

——《陈述》

我惊讶地发现
它把一双翅膀飞得破旧不堪

——《鹰》

这样的弧度
正好让一匹马看上去
无比孤独

——《在桑科草原》

我的另一个参照是什么？雪始终是
白的，它还没有别的燃烧的方式

——《白雪》

我辨认着
与我的命运一致的人

——《在开往哈达铺的火车上》

我是一个病人，不是大海
大海没有我这么平静

——《白色病房》

一轮太阳，刻在石头上

再也落不下去了，直到今天

我还能抚摸到它的光芒

——《苏峪口岩画小考》

我告诫自己

除了描述它们

我不捏造它们的命运

——《在一些空出来的地方》

…………

　　当然，与纯粹理性的名言警句不同，无论如何锻打，杨森君从未放弃过诗性内涵，因此，他那些带有名言警句特征的诗句首先具有诗性玄思的品质，传播到任何地方，首先会让人以诗歌之名指认。尽管关于诗歌的篇幅问题杨森君在与北斗的对话中有明确的认识："一首诗的长短应该是由这首诗本身决定，而不是由作者来决定。"[1] 但如果将以上所引诗语带着标题从原诗中摘离独立成诗，它们似乎都有成为绝响的品质，这也是我不吝篇幅大量征引它们的原因。

　　第五，挖掘诗歌最本质的文体功能。正如笔者在《宁夏诗人代际诗语特征探析》一文中所说：杨森君富含哲学意味的抒情在

---

① 杨森君：《草芥之芒》，九州出版社，2010年，第203页。

并无雕凿痕迹的陈述性语言中化开，如糖在水，无核无迹却又无处不在。在诗句上均匀地用力，但平静的语言湖面下波涛汹涌。他的诗也依凭诗歌古老的断裂、跳跃、换行、分节等技艺而在凝练的语言中获得内涵的丰厚。比如前文所引《午后的镜子》一诗：在不安之寂静中，诗歌有了字、词、句、行、节与章。在换行上，该诗做到了诗思的换行，而非散文式的说话气息中断形成的自然换行。诗的换行在意义上有跳跃，在诗思上有断层，在情感上有递进、转折等变化。几乎每一句都有其独立的诗思空间，又在换行时与下一句之间形成梯级，如悬崖峻嶒，而诗意又能在无辞的换行地带游弋。《午后的镜子》在墙镜的反光里迎来语词上的结尾部分："慢慢裂开的起风的树冠"。诗歌结束在名词地带，而非动作事件。但诗兴、诗味、诗意上，"诗"才在慢慢起风的树冠上打开。不上扬，不压抑，不做单向度的牵引，而是开放。

启示性的、开放性的结尾也是杨森君十分娴熟的技艺。此外，虚与实的处理，文字的节制等都表现出杨森君诗歌语言简净与澄澈的语言风格。但杨森君诗歌的张力来自用最简净澄澈的语言道说出最厚重的内涵。或者，这是一个轻与重的关系问题，是一个"四两拨千斤"的功夫问题。正如"无技巧就是最大的技巧"之说，是经历了看山是山、看山不是山的历程之后才到达的境地。

在杨森君笔下，废墟大多数时候受制于寂静，偶尔也有废墟制约着寂静的时刻，但总体上，废墟与寂静互为表里。杨森君的诗歌在内敛、孤寂、缓慢、持重、节制中渗透着寂静与忧伤，蕴蓄着静谧干净的能量。如是绘画，必有安德鲁·怀斯绘画静谧与素净，带着白色的忧伤；如是影像，必有基耶斯洛夫斯基电影的沉思与怆情。杨森君说："从音乐里可以吸收节奏、美情、平静与高潮区的安宁；从绘画里可以吸收色块的冲突与快感、光与影交替时扭曲的物体带给人的意外及时光转折的痕迹；从影视中可以吸收人的故事、街道的画面、手势的背景、绝地逢生的意志力；从创意设计中可以吸收对习惯、规则的破坏及想象力的多种可能性……"[1]向各种艺术的敞开，使得杨森君的诗歌具备了绘画、音乐的审美内涵，也使他的诗歌具有了淳厚的艺术质地。但作为语言的艺术，杨森君的诗歌最大的意义是对当代汉语诗歌的贡献，他朴素自然地桥接了传统与现代，他的诗歌流淌着他所期待的中国气息。

杨森君诗事记略[2]

1982年

开始学习写作，11月28日在宁夏大学校刊发表习作《银巴路市场》。

1983年

3月：处女作《树叶》(诗)发表于《宁夏群众文艺》。

12月：诗《我，代表一块土地》获宁夏区团委、宁夏文学艺术界联合会联合举办的"热爱祖国、热爱家乡"

---

[1] 杨森君：《草芥之芒》，九州出版社，2010年，第185页。

[2] 诗事记略：诗人提供。

征文二等奖。

1984年

12月25日：创办宁夏大学"朔风"诗社。

1987年

5—9月：在宁夏少数民族文学讲习所学习。

12月25日：创办并主持灵武一中"蓝星星"诗社，并出《蓝星星》诗刊9期。

1988年

11月：诗《蒲松龄》首次在《诗刊》发表，并收入同年人民文学出版社出版的年度诗选《1988年诗选》一书。

1989年

4月：在鲁迅文学院参加诗刊社全国青年诗歌刊授学院1989年第一届学员诗歌改稿会。

9月28日：诗《我，代表一块土地》获宁夏首届"汾曲香杯"文学大赛一等奖。

1990年

6月25日：诗《仰望一面旗》获庆祝中国共产党成立70周年宁夏文学征文一等奖。

11月：诗《路过某城市》获"1990·中国·东方微型文学大赛"佳作奖。

12月：诗《也算错误》获银南地区"金秋短诗文大赛"鼓励奖，后发表于台湾《笠》诗刊。

1991年

3、4月：在《朔方》发表组诗《存在方式》（6首），在《星星》诗刊发表组诗《认真与游戏》（5首）。自此，诗风从内容到形式发生质的转变。《划旱船》等2首诗收入进中国和平出版社出版的《当代中青年抒情诗选》。

6月：在台湾《笠》诗刊发表诗作《喻一种爱的方式》《再次倾听》等诗。至1993年8月，共在台湾《笠》发表诗作29首。

9月：在台湾《曼陀罗》诗刊发表诗作《我曾面壁》等。

1992年

5月19日：诗《师者》获宁夏作家协会等十家单位联合举办的纪念毛泽东《在延安文艺座谈会上的讲话》发表50周年诗歌征文二等奖。

12月：诗《师者》获诗刊社全国青年诗歌刊授学院举办的"诗帆杯"大赛优秀奖。散文《名人》《侃喝酒》在《朔方》发表。（这是第一次创作并发表散文）

12月9日：诗《钟声》《远方》《辍学的孩子》在台湾《世界论坛报》发表。

12月25日：诗《夏天》在菲律宾《联合日报》发表。

7月：诗集《梦是唯一的行李》由台湾著名诗人罗门作序，香港天马图书有限公司出版。

1994年

主要转向散文创作，在《朔方》《银南报》等报刊发表近百篇散文随笔。《银南报》周文杰编辑为我开辟随笔专栏《豆腐小块》《小品文》等。

2月1日：诗《故乡》在香港《诗双月刊》发表。

4月：《读者》选发诗作12首。

1996年

1月2日：为杨森翔文集《荒原的呼唤》写序，并在序中表达了对文学艺术本质性的理解。

1997年

11月：《朔方》发表专辑，散文5篇，短诗17首。

自1995年3月至此，近两年半的时间"荒废"在瑞特纸业有限公司，疏于创作。

12月9日—12日：参加全区青年作家作品改稿会，在会上就如何对待翻译诗、如何用母语写作等问题做了重要发言。

12月24日：参加银南作协会议，任作协副秘书长。

1998年

4月：在广东《佛山文艺》《佛山青年》发表诗作《虚构的爱情》《我已忘了这是秋天》等诗。长诗《白色瓷》部分章节（16、17、18）在《朔方》首次发表。

4月1日—9月21日：出于生计考虑，在灵武古窑子开卡萨布兰卡歌厅，偶有诗作发在广东《佛山文艺》等刊。

8月：全区文学创作会议，深受震动，创作了一批短诗。同时，阅读张贤亮的《习惯死亡》、米兰·昆德拉的《被背叛的遗嘱》、李轻松的《玫瑰血》、赵玫的小说集《零公里》《尼采诗选》（重读）等，开始进行彻底反思。无大作为。

1999年

3—4月：在《新消息报》大量发表随笔、诗作。在《六盘山》2月号发表诗作11首，《朔方》4月号发表诗作10首。创作激情恢复。

5月13日：参加宁夏作家协会第四届会员代表大会。

8月26日：参加宁夏第五次文学艺术作品颁奖大会。原发在《读者》1994年4期上的12首诗获该奖项一等奖。

9月24日：参加吴忠市建国50年文学艺术作品颁奖会，获优秀奖。

10月：诗作《我，代表一块土地》《蒲松龄》《喻一种爱的方式》《习惯》，散文《名趣》等收入进《宁夏文学作品精选》诗歌卷、散文卷。

2000年

4月17日：收到美国《新大陆》诗刊2000年第2期，发表诗作5首。

5月10日：《新消息报》发表成华（白草）指责诗人段和平抄袭我的诗作《留着》的短文。

12月10日：参加吴忠市第一届文代会。

2001年

2月26日：《吴忠日报》发表诗作《花瓶》，首次使用笔名杨迈。

6月15日：诗集《梦是唯一的行李》被中国当代作家代表作陈列馆收藏。

7月：开始尝试小说写作。一月内，写出《撒谎的补丁》、《偷雨的灰尘》(后改为《白蝴蝶在飞》)、《草的辫子》等5篇。

8月27日：回到灵武，重登讲台，感慨万千。开始有计划写作。

9月：《诗选刊》发表诗作6首。《诗刊》发表《遗失》等作品。

10月：《诗选刊》"六十年代出生诗人作品大展专号"发表诗作12首。

12月：《星星》诗刊发表诗作8首，《诗选刊》发表诗歌12首。

2002年

4月：《诗刊》(下半月)发表诗作6首。

5月：诗作《伊拉娜》《白昼》《苜蓿地里》收入青海人民出版社出版的年度诗选集《诗江湖2001——先锋诗档案》一书。

6月：小说《白蝴蝶在飞》发表于《佛山文艺》6月号(下半月)这是第一次发表小说。诗集《梦是唯一的行李》被艾青诗歌馆永久收藏。

7月：随宁夏青年作家采风团赴敦煌、青海湖等地采风。

8月：《国际汉语诗坛》发表中英文诗作《四只乌鸦》《节奏》(靳君珂译)。

9月：《人民文学》发表一组组诗（9首）。小说《风的形状》发表于《黄河文学》5月号。诗作《伊拉娜》《启示》《一只杯子》收入诗选刊杂志社出版的《中国诗选》（2000—2002）一书。

10月：《十月》发表诗作8首。

12月：《诗选刊》"中国年代诗人大展"特刊发表诗作16首。

2003年

1月：小说《我无法抵赖》发表于《佛山文艺》1月号（上半月）。

4月：原发《诗选刊》2001年"中国年代诗人大展"特刊发表诗作12首诗歌获自治区文学评奖一等奖。

5月：集中精力写了数篇赚钱的报告文学，不算创作。

10月：《诗选刊》选载了原发于《飞天》的诗歌11首。

12月：诗歌《北方向》获"李白故里、华夏诗城"世界华文诗歌大赛三等奖。《诗选刊》11—12期"中国年代诗人大展"特刊发表诗作13首。

12月28日—31日：应邀出席自治区文学艺术界联合会第六次代表大会，创作十余年首次被"重视"。

2004年

1月：《人民文学》发表组诗《在西域》（17首）。

3月30日：参加宁夏作家协会第六次会员代表大会，被选为宁夏作家协会理事。

6月18日：获灵武市文学创作贡献奖。《中间代诗选》由海峡文艺出版社出版，内收诗歌50余首。

8月9日：经中国作家协会书记处批准，成为中国作家协会会员。

2005年

3月：诗集《上色的草图》由重庆出版社出版。

6月：获第十三届柔刚诗歌奖入围奖，前往福州领奖。

12月：《诗选刊》11—12期"中国诗歌年代大展"特刊发表诗作6首。

2006年

1月：原发在《人民文学》第一期组诗《在西域》(17首)获宁夏第七届文学评奖诗歌二等奖。哲理随笔集《冥想者的塔梯》(合著)由中国戏剧出版社出版。

5月：《新世纪5年诗选》(时代文艺出版社)收录诗歌2首：《午后的镜子》《这样安静的下午》。

8月：《西域诗篇》(正在写作中的新诗集)通过了中国作家协会重点作品扶持项目审批，并与中国作家协会重点作品扶持办公室签约(8月26日)。根据协议，必须在2007年12月前完成《西域诗篇》(4000~5000行)的创作。中英文对照版诗集《砂之塔》(杨森君著、靳珺珂译)由北京华龄出版社出版。

10月：参加诗刊社·中坤集团在宁合办的"贺兰山·第二十二届青春诗会"开幕式(10月10日)。

2007年

2月：为灵武一中编辑出版了首部学生文选《十七岁》，中国戏剧出版社出版。

3月：台湾尔雅出版社有限公司来函，告知《睡眠》一诗被收入2007年4月出版的《小诗·床头书》一书。在《人民文学》发表诗歌12首（西域诗篇），它们是：《红酒》《什川梨园的秋天》《五泉山》《一个心冷的人》《长流水》《城堡》《牧场》《桃花》《兰一山庄》《长流水一侧的旷野》《喜悦漫过来》《巴比伦》。

7月：编辑出版了灵武一中校友文选《时光之轴》（中国戏剧出版社出版）；前往北戴河中国作家之家疗养，结识著名作家王蒙。

10月：收录《2006年中国新诗年鉴》，内录诗歌2首：《小镇落日》和《白土岗》。

12月：完成中国作家协会2006—2007年度重点扶持作品的初步创作——有关西域的诗篇。

2008年

1月：开始筹备中国"百名诗人、作家签名本图书专架"，该项目由宁东爱心人士捐助。

4月：前往彭阳参加宁夏春潮诗歌笔会，会上结识了著名诗人舒婷、陈仲义夫妇，著名诗人雷抒雁。

2009年

6月：组诗《清水营》发表于《人民文学·2009中国诗歌节》专号上。

8月：参加中国70后诗歌论坛暨银川诗会。

10月：收到《60年诗歌精选》（长江文艺出版社），收录诗歌《草穗吊灯》。

诗歌《白的梨花》收入《2008—2009中国最佳诗选》（太白文艺出版社）。

12月：发表于《人民文学》2007年第三期上的一组诗《西域诗篇》（12首）被评为宁夏文学艺术奖诗歌二等奖。

2010年

9月：在《人民文学》发表组诗《荒芜之述》。

10月：中国"百名诗人、作家签名本图书专架"建成；《飞天60年典藏》收录诗歌5首。

2011年

1月：《再次来到镇北堡》收录于《2010中国年度诗歌》；《诗意宁夏》（组诗）获"西部大开发，宁夏大跨越"诗歌大赛一等奖；随笔集《草芥之芒》由九州出版社出版；收入《2010年中国诗歌精选》，入选诗歌《已经不可能了》。

5月：诗歌《父亲老了》被IB（international baccalaureate）国际文凭组织2011年5月份中文最终考试试卷（卷一）采用。《西域诗篇》入选《中国诗歌二十一世纪精品选编》。

6月：参加"中国·宁夏——首届黄河金岸诗歌节"，结识著名翻译家董继平先生，诗人谭延桐、阿翔等。

9月26—29日，应邀前往内蒙古包头市参加人民文学杂志社·内蒙古包商银行"诗歌与公共生活论坛"活动，亦为人民文学杂志社每年一届的"诗歌年会"。

10月：灵武籍诗人作品选《安放倒影的湖泊》（杨森君编选）由中国文联出版社正式出版。

11月：诗歌《安息日》荣登由著名诗人伊沙主持的网易微博"新世纪诗典"；诗歌《桃花》入选《2011民间年度诗歌》。

2012年

3月：组诗《风在吹》刊发于《人民文学》。

5月：诗集《午后的镜子》由黄河出版传媒集团宁夏人民出版社出版，著名作家张贤亮题写书名。策划、设计、筹建完成了灵武一中校史馆及书香长廊展厅建设，同时还完成了"忆石苑"的建设。

8月15—20日，应邀前往新疆参加中国诗人"走新疆、品喀什"采风活动；结识诗人大解、金铃子、扶桑、臧棣、刘立云等。

9月：组诗《荒芜之述》入选《朱零编诗》一书。

2013年：

3月：诗歌《在桑科草原》入选《2012中国诗歌精选》一书。

4月：《镇北堡》等数十首诗歌入选中国最大的诗歌出版项目、最大规模的新诗选集《中国新诗百年大典》第二十三卷。

《中国当代短诗三百首（1980—2012）》出版，该书收录诗歌《正午的叙述》。

5月31日—2日，前往湖南长沙参加"中国当代著名诗人全息展"，结识了黄明祥，行走诗人，李笠、潇潇、谷禾、胡弦等一大批优秀诗人。

6月：策划、设计建成了宁夏首个作家陈列馆——宁夏作家作品陈列馆。馆名由著名作家张贤亮先生题写。

7月：《安息日》等8首诗歌入选《生于六十年代——中国当代诗人诗选》（长江文艺出版社）。

诗歌《桃花》荣登由著名诗人伊沙主持的网易微博"新世纪诗典"。

8月7—12日，应邀前往青海西宁参加第四届青海湖国际诗歌节。

9月：诗歌《桃花》等被湖北武汉市公共空间诗歌公益展示活动采纳。

2014年

6月30日，应湖南采纳轩艺术会所邀请，前往长沙参加著名诗人、诗歌翻译家李笠摄影展，并与长沙诗人进行了交流与研讨。

7月12—20日，应邀前往四川绵阳参加第四届中国诗歌节。

8月：日记体博客随笔集《零件》由黄河出版传媒集团宁夏人民出版社出版。

10月：短诗选《名不虚传》由黄河出版传媒集团宁夏人民出版社出版。

12月：获首届《朔方》文学奖诗歌一等奖。

2015年

7月：组诗《西域的忧伤》发表于《人民文学》。

9月：组诗《苍茫之域》获得2015年"昆仑杯"仰望星空诗歌朗诵会征文评奖三等奖。

10月：组诗《西域诗篇》获第三届"李白杯"全国诗歌大赛银奖。25日前往安徽马鞍山市领奖。

12月：《在西域》（13首）获《黄河文学》2014—2015双年度文学评奖诗歌类三等奖。获银川首届贺兰山文艺奖成就奖及三项2015年度国家级奖项发表奖。

2016年

3月25日：前往浙江奉化参加"春天送你一首诗"活动，该活动由诗刊社倡议发起。在此次活动中，诗歌《桃花》（组诗）获二等奖。

5月上旬：策划、设计、筹建完成了灵武市第二小学诗楼。

5月26—29日：前往湖南株洲参加中国作家协会、诗刊社举办的第七届"青春回眸·株洲诗会"，创作组诗《株洲行》。

7月3—7月7日，应邀前往甘南参加中国当代地域诗歌论坛诗会。

10月：诗歌《钢琴之恋》获得甘肃省《飞天》杂志社举办的"杨花词杯"全国爱情诗大赛二等奖。

2018年

9月：应诗刊社、甘肃陇南诗歌学会邀请，前往甘肃陇南官鹅沟参加中国爱情谷采风创作活动。

10月：《中国诗人》发表诗歌一组并入围"闻一多诗歌奖"；应邀参加2018年武汉诗歌节。

11月，应中国诗歌学会、阿拉善右旗宣传部邀请，参加阿拉善诗歌之乡挂牌仪式及采风创作活动。

第二节　"草木春秋"：王怀凌诗歌抒情的变调

在城市化运动中，在细密的文化差异逐渐融合甚至消失的21世纪初，文化版图中的"西部"一再缩水。幸存的"西部文学"对于整个当代中国大陆文学而言已不仅是一种审美追求与文学趣味，西部的自然、文化景观成为一种文化遥想与某种精神图腾，而仅存的西部文学在风骨气质上承担了对当代中国大陆文学的纠偏功能。西海固处在地理与文学西部的怀抱之中。也许偏僻、落后、"不适宜于人类居住"的自然条件等对于西海固的生存而言是一种苦难，但无论对于个人、地域、国家还是民族的文学而言，苦难都会成为一种创作的动力与财富。经济发展的滞后，在某种程度上造就了西海固文学在世纪之交对中国大陆文化演变缩略化显现的重要意义与价值。一方面，相对于主流文化线性演绎的历程，西海固文学几乎是在一个时间平面上吸纳借鉴国内外文学艺术经验；另一方面，从农耕文明向城市文明过度的漫长文化演进史在西海固以剧烈而短促的方式裂变。相对于技术（是技术，而非技巧）过剩的中国当代主流诗歌，王怀凌的诗歌更像是一种"史前文明"，但从《大地清唱》到《风吹西海固》再到《草木春秋》再到《静谧》，王怀凌在咏唱生命的过程中也记录了农耕文明到城市文明的演变过程及这个过程中人的种种情状。随着年龄的增长，王怀凌的诗歌创作也在对生命的领悟中不断丰富与提升。

一、乡愁：在故乡

文学根本上是一种乡愁，古今中外的文人因为个人际遇的不同曾写下不同质地的乡愁篇章。有宋之问"近乡情更怯，不敢问来人"的复杂况味；有贺知章"儿童相见不相识，笑问客从何处来"的无限感慨。家乡与故乡是两个有区分的概念，一个更多地指示地理意义，一个更多地指示文化意义。王怀凌的乡愁有对家乡的眷恋，但在故乡的土地上，他的诗歌更重要的在于吟唱了文化意义上的乡愁。

因为对故乡的眷恋，"回家"始终是王怀凌诗歌中的一种情愫，在《风吹西海固》与《草木春秋》中均有同题的诗行。"老家就在眼前，白山黑水的等着 / 那里有望眼欲穿的亲情 / 有白发苍苍和乳臭未干的血缘"。西海固这个地理与文化意义上的概念更是频频出现在王怀凌诗歌中的名词。庙台、二道河、固原、李家庄、顿家川、庙儿沟……这些大大小小的地理名词共同组接出王怀凌的西海固，甚至任何一道冒出芨芨草、几棵老杏树，有着红砖瓦房、羊肠小道、扶摇炊烟的山梁都是故乡，都能勾起对故乡的怀想。

单从地理概念及物理距离而言，出生地顿家川与后来的栖身之所山城固原都涵盖在西海固的边界之内。但之所以在他的诗歌中依旧有如此之多的乡愁之音，是因为城镇化对其生存方式与生活方式的改变。而这样一种改变大大强化了乡思之情。记忆中的故乡顿家川延绵着"鸡栖于埘，日之夕矣，羊牛下来"的生活方式与节奏，但50公里之外的小城固原却是乡下人眼里打领带、穿西装的城里生活，在那被拖上城镇化轨道的地方，人们"在饭桌上、在酒吧里，津津有味地谈论着前程、股市、房价、情人"，但"没有人跟我谈起祖国和诗歌／没有人谈起责任，谈起感恩／没有人怀揣月光，仰望星空，没有人"。 一个个村庄为城镇化为现代化让道而消失的过程中，饱蘸炎凉的游子无处回归，"他的村庄已面目全非／他的记忆已支离破碎／接下来的，许许多多去向不明的日子／直等尘埃落定，倦鸟归巢"。王怀凌诗歌中的乡愁饱含着城镇化建设过程中对于人和自然关系、人和历史关系的思考。

在生存方式与生活方式以及人际关系发生变化的背后是农耕文明逐渐被城市文明取代的过程，这一转变过程中城市文明形成之初的种种"荒蛮"在不断拆迁的西海固被放大。对于农耕文明时代以"义"为基础的西海固人几乎是在历史的瞬时之中被迫接受和适应以"利"为纽带的人与人之间的关系。原本缓慢而漫长的时代更替在王怀凌这一代西海固人那里，无疑是一场浩大的文化与精神动荡，人、世界、人世的意义都在被改写。作为诗人，这场动荡对于王怀凌在某种程度上是一种幸运，使得他在吟唱故乡之时成为这场动荡的记录者。不必讶异王怀凌的乡愁竟然发生在自己的故土之上。恰恰是在故土之上，曾经熟悉的生活方式、生活节奏、生活理念随着大时代的更替发生着急促的变迁。因此，王怀凌的诗歌在表达对家乡的眷恋时，更多地表达了时代演变中对旧有文化的依恋，这些诗歌，自然会唤起每一位身处时代变革的读者的共鸣，会勾起每位读者内心中的故乡。

　　由于科技的进步与各学科的长足发展，20世纪下半叶对于人类自身的认识也在不断发生变革与补充，人不仅是思维的动物，也是意指性动物，还是符号动物。自人类创造并应用符号起，人类就开始存在于虚实相间之中。超越现实，创造"虚"的、符号的世界，或者用刘小枫的话说是"语言的织体"，超越身体的局限，追求无限自由的过程中，文学也成为人的另一个精神家园。对于任何一个诗人，不管他有意识还是无意识，当他用诗歌这种"纯粹之说"去表达的时候，便是他在诗歌的故乡、语言的故乡中流连的时候。诗歌给失去现实故土的诗人一种实在的充实与慰藉，对于一位诗人而言，对故乡故土的执念往往"是一首（西部）诗歌中宁静寂寥的抒情"。而失乡、恋乡、寻乡也成为王怀凌诗歌中有迹可循的乡愁。

二、西部：气质与风骨

　　西海固、关山牧场、沙坡头、大战场、青铜峡、西夏陵、天

堂口、马牙雪山、敦煌莫高窟、嘉峪关……风、羊群、柠条、飞
燕草、沙枣花、羊皮筏子、驼队、僧侣、雁鸣、秋草……这一个
个地标与风物标识出王怀凌诗歌显在的西部特征：古老的历史、
悠远的传说、神秘的图腾、蔽日的狼烟、广袤的地域、苦焦的气
候……作为西部风物志的同时，王怀凌诗歌也是一部西部风情志、
风俗志。马尔撒的花儿在空旷的西部天空中撒欢，一声"阿哥的
肉肉哟——"让长于抒情的文人"突然羞愧于我抒情的荒芜"。
端午门楣上的艾草、菖蒲、雄黄酒、花绳、荷包香彻村头巷尾，
香彻西北，也香彻民间，一路从遥远的历史源头中走来。天堂寺
广场上的篝火"像一盏神灯，吸引来自每一扇门后的踟蹰"，西
部人"怀揣着草木之心，表情安详"随着音乐的节奏跳起锅庄舞，
"而不远处，经幡在继续转动／一群晚归的牦牛／经过毡房，产生
了爱情"。自然而然地生息绵延，崇高洁净地繁衍承续。风物、
风情与风俗共同织就西部的自然人文生态画图。当然，这还仅仅
是外在表象的西部风情描摹。傅元峰认为中国的西部文学与美国
西部文学有着根本的差异，"在自由写作中，西部文学呈现为西
部风情，而在控制型的文学生态环境中，西部则与西部审美精神
密切相关。"[1]事实上，在中国西部诗人那里，西部也不仅仅与审
美精神相关。西部特定的风情、风物、风俗为王怀凌的诗歌搭建
了极具西部特征的抒情骨架，而在长久的自然人文环境濡染与熏
陶下，西部已经成为一种气质与风骨融合在他作为人、作为诗人

---

① 傅元峰：《隐在的"西部"——娜夜诗论》，《扬子江评论》，2012年第5期，
第61页。

的血液之中。

傅元峰在论娜夜诗歌中"隐在的西部"时，曾用诚与真来强调娜夜诗歌中的西部风骨。但骨髓中的西部，很难用一两个词语去诠释。西部悲壮而苍凉，不因为它决绝惨烈，而因为它义无反顾地担当；不因为它悲戚凄凉，而因为它无法抵挡的静默。西部神秘而安详。郭文斌曾这样描绘西海固："对于西海固，大多数人只抓住了它'尖锐'的一面，'苦'和'烈'的一面，却没有认识到西海固的'寓言'性，没有看到它深藏不露的'微笑'。当然也就不能表达它的博大、神秘、宁静和安详。"①掩映在那份悲壮苍凉之下的整个西部如是，除却尖锐、酷烈，它博大、神秘、宁静而安详。在这里生存需用淡漠的情怀去化解它的浓烈，在这里生存要用安恬的神态去稀释它的静默。在这里行走要对它连同它之上的所有的生命肃然起敬。"一朵雨意浓重的云打马而过 / 关山像刚出浴的处子 清爽 静美…… / 我没有打扰那群低头吃草的马 / 也没有惊动草尖上假寐的露珠"。如果说诗人是"诸神的使者"，为众人带来讯息，那么，王怀凌的诗歌为众人传达出了这样的西部：远非诚与真、坚强勇毅、坦荡裸露等语词能够涵盖。一阵风的来去、一株花草的枯荣、一束光的明灭都是神的启示。从诗集的题目到每一句诗行，王怀凌都是带着这样的西部气质与风骨在言说。

在道德危机、文化危机、信仰危机的当代，高凯、沈苇、古马、叶舟、杨森君、王怀凌等西部诗人的存在是西部精神的残存。

---

① 郭文斌：《回家的路：我的文字》，《文艺报》，2004 年 6 月 3 日。

他们的诗歌除了审美价值之外，对于与世界无关、与人类的苦难经验无关，因而失去命名的功能及精神向度的当代中国文学无疑具有纠偏功能。

三、慢：中年之境

诗人可以分两类，一类是从大地上长出来的诗人，一类是可以使用光的语言的诗人。在中国当代文学史上，海子是一位自觉从"纯诗"向"大诗"弹跳的诗人。时至今日，在中国当代诗坛，除却海子《太阳》的残篇，尚没有人能够使用光的语言，但很多人却在追逐光的过程中早已失去大地的支撑。王怀凌无疑属于大地上长出来的那一类。他扎实、专注，所以才拥有诗歌创作不断成长的后劲。纵观王怀凌的诗歌，其中饱藏着一个厚实而丰满的乡土世界与血肉丰满的人世。依托这个乡土世界与人世，王怀凌的诗歌艺术得以不断精进与提升。王怀凌对于自己的诗歌创作有着自觉而明确的认识，在《草木春秋》的后记中，他概括了自己诗歌在中年之后的新变，《草木春秋》所收之诗，"都是2010年到2014年五年间写的，即中年之后的写作。其间，个人心态趋于平和，诗学观念也在变化：悲悯、焦虑、疼痛、不安逐渐远去，回归到宁静与安详。"[①] 从总体上看，与诗学观念相比，王怀凌中年之后的诗歌新变主要源于生命成长过程中的参悟。四十不惑、五十知天命，中年以后，在王怀凌那里成为一种胸襟，也成为一种

---

① 王怀凌：《草木春秋》，宁夏人民出版社，2014年，第190页。

态度。单从《大地清唱》《风吹西海固》《草木春秋》几部诗集的命名看，诗人的视野不是一个逐渐阔大的过程，而是不断缩微的世界。诗人自我也从大地的代言与高高在上的价值判断者，自然界的浏览者与旁观者发生转换，"我把自己安放在风中，我就是一棵草、一朵花、一粒沙⋯⋯""用花朵的眼睛向远方眺望／用叶子的耳朵倾听"。唯有用生命体悟，才能发现微观世界中的广阔天地，其中充满了对生命的敬畏感。在用词上，惊心刺目的词语大大减少，苦焦的西海固在王怀凌的诗歌中开始变得柔软、温情。而这一切的变化并非源于诗学观念的变化而得益于诗人个体生命的不断成长与参悟。

作为生命成长的自然褶皱，走向宁静与安详的过程自然并非落体运行的平滑直线。在走向中年之境的过程中，王怀凌自然也有过惶惑，有过叹惋与无奈。"花儿谢了，一泻千里／草儿败了，一败涂地"，"我从一片叶子上看见自己的容颜／承认脉络一样必然的命运"，"我每次经过这里，都忍不住多看一眼／我想到"孤寡"两个字／这是我的民间，我的草木春秋／该谢幕的都已谢幕，带着不舍"。但最终，这些灰暗都会在生命彻悟的过程中逐步净化。"也许过了今天，明天就相忘于江湖／却有一棵树会替我们活着"。恰如愀然扣弦而歌的苏子最终也会在"自其变者而观之，则天地曾不能以一瞬；自其不变者而观之，则物与我皆无尽也"的放歌中坦然。生命的成熟正是正视自我的过程，中年以后，诗人以《我看见我自己》来反思、反省，也是对普遍世相所做的反思、反省。他的《中年生活》以"新写实"的笔触与口吻，勾画了理想失落日渐回归本真生活的过程，但最终又对庸常凡俗给予同情并予以拒绝。光阴流转，当诗人能够聆听到人世的纯净之音时，这一切都将因着生命的顿悟而不再是困惑与阻遏。《慢下来》诗集中呈现出中年之后诗人对自我、对社会、对人世的重新认识。慢下来，"包括成长的速度，心跳的速度，血压升高的速度/提前凑热闹的白发、疾病、更年期……"慢下来，"包括虚胖的 GDP、疯狂的开采、谎言以及/缩水的真诚、虚拟的爱情……"慢下来，"问问孩子们多长时间没有数星星了……"诗人用看似漫不经心却语重心长的口吻对每个生命、我们畸形追求速度的社会、我们几乎忘本的存在给予喟叹与警示。

四、禅意：镂空的诗思

绕开形而上学的传统，海德格尔独辟蹊径运思逾半个世纪思考和探索着语言的本质问题。海德格尔没有把目光局限在德语系范畴，而是放眼东西方世界。日本学者手冢富雄在造访海德格尔时表达了日本在美学思想与语言理论方面要求向西方借鉴经验的迫切心态。"自从与欧洲思想发生遭遇以来，我们的语言显露出某种无能"，"（西方）美学为我们提供一些必要的概念，用以把握我们所关心的艺术和诗歌"，"我们的语言缺少一种规范力量，不能在一种明确的秩序中把相关的对象表象为相互包涵和隶属的对象"。[①] 海德格尔也表达了早在与日本学者九鬼周造交流过程中曾

---

① [德] 海德格尔：《在通向语言的途中》，孙周兴译，商务印书馆出版，2004 年修订版，第 87 页。

有过的忧思与质疑。海德格尔担忧名称及内涵都源于欧洲思想与哲学的美学会与东方思想格格不入。至于语言，海德格尔也质疑东亚语系的人们追求欧洲思想系统是否有必要，是否妥当。在他看来，尽管现代技术与工业化已经席卷全球，全球与人类正在欧洲化，但若语言正如他早期思想中的"存在之家"之说，那么，东亚人与欧洲人是通过各自的语言栖居在完全不同的两个家中。东亚艺术是在一个感性世界与一个超感性世界之间的区分——应合中进行的，用欧洲美学界定东亚艺术，他认为"东亚艺术的真正本质被掩盖起来了，而且被贩卖到一个与它格格不入的领域中去了。"①海德格尔是在理论、思想与思维方式的宏观层面对东西方（东亚与欧洲）语言、艺术的区别与特质所做的思考。作为"纯粹所说"持有者的诗人，叙利亚–黎巴嫩诗人阿多尼斯在与中国诗人的对话中也曾表达过类似的认识："我不会拿西方的诗歌标准去评判其他诗歌，不会拿西方的标准去看待中国诗歌。""我发现，在西方，在美国，诗歌存在的程度与文化有关，诗歌是文化的一部分。而在东方，尤其在阿拉伯世界，诗歌存在的程度是和存在有关的。"②阿多尼斯担忧今日的阿拉伯正在忘记自身，忘记自己的诗歌传统，正在融入机械文化。阿多尼斯对阿拉伯诗歌的担忧在某种意义上正是中国当代诗歌困境的一面镜子。

正如前文所言，相对于技术过剩的中国当代主流诗歌，王怀

① [德]海德格尔：《在通向语言的途中》，孙周兴译，商务印书馆出版，2004年修订版，第100页。
② 唐晓渡、西川主编：《当代国际诗坛Ⅲ》，作家出版社，2009年版，第268页。

凌的诗歌更像是一种"史前文明"。但王怀凌《草木春秋》中那些富于禅意的诗歌却恰恰呈现出在感性世界与超感性世界的区分——应合中蕴藉的中国传统美学、诗歌精神与哲学智慧，而这正是海德格尔所指"东亚艺术的本质"。"中秋夜：阴"，是对写中秋写月明的诗歌河流的绵延与丰富，幽明强烈对比却又浑然融于诗思。极简的诗语蕴含着中国传统文化的精髓带给诗题本身无限张力与无尽的凝思。"风吹过湖面"，接下来似是无尽的虚空，但正如天空之空会带给人无尽的仰望一样，"风吹过"，仿佛了无痕迹，却留下了无边的诗意空间给抒情主体和读者。幽明两可、韵味无穷正是中年以后王怀凌诗歌逐渐清晰的诗思。当然，对于王怀凌而言，最终使其诗歌获得了这种镂空的诗思的，不至是在诗学语言学上的精进，更是其对人生在世的不断顿悟而获得的。也因此，其诗歌中镂空的诗思最终并不会落脚点在诗歌表达技巧的理性总结上，而始终是对生命本体的感性认知与超脱的情怀上。借着乡愁的底蕴，怀抱着镂空的诗思，随着年岁的增长，王怀凌的诗歌逐渐多了份"行到水穷处，坐看云起时"的禅意。"这些叶子的命运，和人一样 / 始终行走在宿命的枯荣里"，"还有什么不能放下。我走后 / 清水河沿岸的柳枝照样迎来了按部就班的春天"，午后的香茗，"还有几片为情所困，在水中徘徊 / 等待一根宿命的手指打捞 / 最终，它们都会归于平静"……

五、静谧：陡然的降调

《静谧》收录了诗人2015年以来的诗作，如果与《草木春秋》

接续来读，就会发现，王怀凌诗歌中的中年之味浸染了沉沉暮气。《静谧》所依持的并非纯然的语言探索，也并非对存在的哲学玄思，亦非对现实社会生活的干预，《静谧》所依持的是我们根植其间的温吞吞的、但终要弃我而去的人世。它不但在生存与生活的艰辛不易处展开，也在更为细微处描摹了一个值得珍重的但也渐行渐远的乡愿社会。同时，《静谧》呈示了生命由青转黄这一过程中的种种精神奔突，并袒露了对正在悄然而逝的美好的叹惋哀怜。

第一，向源头折返。读过王怀凌诗歌中高扬的西部气质，就会知道《静谧》是一次陡然的降调。他那么细腻低微地去描摹与他生命相连的细小生命：小麦、洋芋、大豆、胡麻、狗尾巴草、驴蹄草、狼毒花、灯盏花、牛蒡叶子、臭荏、蕨茅、枯子蔓、打碗碗花……他不高高在上，他从它们身上看见自己："你看，每棵草木都有一条倒淌的河流／它把枝条和叶子弯向了大地"，诗人又何尝不是如此，《弯腰记》写的正是一个能够带起风云的人进入中年之后所悟见的另一番天地。在浅近处，《静谧》中也处处可见诗人"归乡""回家"的身影。有对儿时的追忆，有对故乡的眷恋，有对亲人的思念，有对乡村生活方式的皈依。但细细想来，在潜意识中，都是对"第二次生命"的哀婉希冀。从而，《静谧》中也便有了表达在体性欠缺的震颤。

第二，被孤独抱慰。2016年8月6日，诗人在《眼泪》一诗记写了母亲的离世，"撇下一群哭天抢地的孤儿"。2017年5月24日，诗人写下《生日贴》：虽然祝福环抱，却"不比往年——"，独缺母亲的一缕目光……至2019年7月25日诗人在《像一个无家可归的人》中写下："父亲走时，带上一扇门 / 母亲走时，带上另一扇门"，拘囿在亲情中的诗人唱尽了失却双亲的哀歌。但这就是生命的秩序。在这无可奈何的孤独之外，诗人也以冷峻辛辣的笔触写下尘世中感受的孤独；以失意落寞的口吻写下意中人失约的孤独："说好了明年再见——/ 而此刻，我只给你看更北的北方——/ 北方，是荒凉的岁月和霜降"，更像是一种自言自语与自我安慰。在《我只能只给你看银河》中，诗人记写了陪伴女儿成长过程中那些闪光的时刻，但最终也收束于一缕遗憾："现在，我只能只给你看银河……"无论是向上，还是同行，抑或是向下，在人情伦常中，诗人道出那些朴素真挚的疼痛与叹惋。

第三，大时代转折期的辙痕。在《草木春秋》中，王怀凌诗歌就已呈现了它的社会意义与价值：记录和书写了城镇化建设过程中对于人和自然关系、人和历史、人与人、人与自我关系的思考。 在生存方式与生活方式以及人际关系发生变化的背后是农耕文明逐渐被城市文明取代的过程，这一大时代的转折在《静谧》中也留下了它渐行渐远的辙痕。这也是王怀凌诗歌更大的意义所在。

对这一时代转折，首先，诗人有直接的书写。《万寿菊——与弟书》对乡村城镇化的记录："你的河山在三条高速公路的交会处"，而你，一个失去土地的农人，"从此，你就不是庄稼人了 / 不问稼穑 / 不再跟着农历的脚步泥泞"。其次，诗人的笔触也记录了那个行将没落的乡愿社会中的美好人情人性。《门告》一诗中"村里最后一个鳏夫，殁了"，但乡亲们用郑重的送行仪式为他出殡，赫然如白纸黑字的落款："孝男：全村男丁 / 孝女：全村女眷"。这令人动容的送葬队伍也送走了一个熟人社会。"母亲心中有爱，奶罢孩子，生火做饭 / 父亲心中有佛，喂完六畜，拂尘扫院"的生活愿景也将成为过往社会的美好生活愿景。再次，诗人有意识地搜罗、记录农耕文明时代的仪式，送灶神、迎喜神……以及农时、节气，将一个已经被"90后""00后"陌生的时代的身影定格在他的诗歌中。

由于经济文化各方面发展不平衡，前现代、现代、后现代在中国西部有一定的共时性存在的现象。能够感应、捕捉、记录与诗写这种大时代的转折、演进，是诗者的责任之一，也是诗者的幸运之一。王怀凌在《静谧》中用他朴素、诚挚、细腻的笔触领受了那种幸运，也担负了那份责任。

也许，每一个执有"纯粹之说"权杖的诗人最终都将归于平静。但对于未来的历史而言，诗歌将向我们道出：不是我们在用语言表达，而是语言表达了我们。

王怀凌诗事记略[1]

1985年

加入固原师范春花文学社，并在校刊发表小诗和散文。

1986年

10月31日：在《固原日报》发表处女作《山里的妹

---

[1] 诗事记略：由诗人提供。

子》（散文诗）。

1987年

《中学生文学》第1期发表《大杏树下的爷爷》。

1988年

5月15日：《教师报》发表《小学校只有一个老师》。

《六盘山》第3期发《小屋》。

1989年

10月：四川《龙眼树》诗歌报发表《表姐》；湖南《湘流诗报》发表《岁末》。

1990年

《六盘山》第2期发表《对一束野花的眷恋》。

1991年

《六盘山》第1期发表《头戴草帽的父亲》。

1992年

《六盘山》第3期发表组诗《遥寄故乡》。

《宁夏日报》发表《渴望一场雨》。

1993年

2月21日：《宁夏日报》发表散文诗组章《山曲》。

1994年

2月20日：《宁夏日报》发表《给我爱或爱我的人讲述大山》。

《黄河文学》第3期发表《诗二首》。

1995年

《诗刊》第10期发表《短诗三首》，其中《锦鸡》

被收入《中国精短诗歌三百首》。

1996年

《星星诗刊》第1期发表《黄昏十二行（外一首）》。

《朔方》第1期发表组诗《中国象棋》。

《星星诗刊》第7期发表《风从塬上走进》《好雨》。

1997年

《六盘山》第2期发表组诗《西海固方志》。

《朔方》第7期发组诗《西海固民间倒影》，其中《大红喜字》被收入60年代诗人诗选《词语的盛宴》。

《星星诗刊》第7期发表《小曲儿》。

1998年

《朔方》第9期发表组诗《大地清唱》。

1999年

《六盘山》第1期发表长诗《我们是虫》。

2000年

《绿风诗刊》第2期发表《诗四首》。

《绿风诗刊》第6期发表《无雪的冬天和我的老家》。

《朔方》第10期发组诗《六盘山顶的雪》。

出版第一部诗集《大地清唱》（陕西旅游出版社）。

2001年

西海固文学研讨会在固原召开，《诗刊》副主编叶延滨、《十月》主编王兆军莅临指导。叶延滨对当期《六盘山》上刊登的部分诗歌大加赞赏，并在《诗刊》第8期《刊中刊》栏目选发组诗《在西海固大地上穿行》，其中《在西海固大地上穿行》一首被收入《2001中国年度最佳诗歌》《新世纪十年诗选》。

《十月》第2期发表《短诗五首》，其中《雨夹雪》被收入《2001年最佳诗歌精选》。

《星星诗刊》第4期发表组诗《注脚》，其中《喊叫水》被收入《星星五十年诗选》。

《绿风诗刊》第3期发表组诗《乡土》。

短篇小说《甘草》分别发表于《佛山文艺》第1期和《短篇小说》第12期。

2002年

《朔方》5、6合期发表组诗《六盘山以南》，《诗选刊》第8期转载。

《诗刊》5月下半月发表《诗三首》。

2003年

《诗刊》3月下半月发表组诗《坚硬的生活》。

《诗歌月刊》第9期发表《王怀凌的诗》，其中《鹰隼飞升的道路》入选《2003中国诗歌精选》。

2004年

《朔方》第8期发王怀凌作品小辑。

2007年

《星星诗刊》第2期发表组诗《西部以西》，同时被《中国网络诗歌读本》选编。

《诗刊》第3期发表诗一组，其中《写实或四只羔羊》被《2007中国诗歌精选》选编。

2008年

《诗刊》4月上半月刊发表组诗《风中的雨滴》。

受《诗选刊》特邀，介绍当时工作、生活状况，随笔《我的针眼生活》发表于第4期。

《诗刊》6月下半月刊发表《诗四首》。

《诗选刊》第12 期下半月刊发表《王怀凌的诗》。

2009年

《六盘山》第一期发表组诗《风吹西海固》，被《诗选刊》第9期转载。《语文教育》第5期转载并配有邹建军教授的诗评文章。《中国2009年度诗歌精选》《中国二十一世纪十年精品诗选》《中国西部诗歌风暴》选编。

3月：与同仁牛红旗、单永珍、倪万军等创办《草根诗刊》。

4月19日：赴西安参加"2018年度中国十佳诗人"颁奖大会。获"2018年度中国十佳诗人"称号。

《诗选刊》10月下半月刊发表《王怀凌的诗》，其中《树上的叶子》被收入《2008—2009年度中国最佳诗选》。

《诗刊》10月下半月发表《诗三首》。

12月：出版第二部诗集《风吹西海固》。

2010年

《中国诗歌》第5期发表组诗《我这样写下秋天》。

《绿风》第5期发表组诗《民间桃木及其它》。

《中国诗人》第3卷发表组诗《抬头已是黄昏》。

《飞天》第12期发表组诗《秋风吹过大地》。

2011年

诗集《风吹西海固》获固原市文艺评奖诗歌一等奖。

《青年文学》第8期发表组诗《风吹西海固》。

《诗刊》11月下半月发表组诗《风吹西海固》。

《诗歌月刊》第11期发王怀凌的诗。

《诗探索》第3期发表《端午记忆》，并被《2011中国年度诗歌》选编。

2012年

6月8—12日：与同仁牛红旗等自费举办"轻叩大地之门——著名诗人、评论家走进西海固"系列活动。

2012年

春节，创作《过年笔记》系列散文。

4月4日：新华社宁夏分社社长杜晓军专访《从贫瘠大地到诗歌高地：西海固诗歌四颗星》，在各大媒体平台发表，引起较大反响。

《中国诗歌》第9期发表组诗《花开灿烂，也开寂寞》。

《高原》第6期发表组诗《中年生活》。

《扬子江诗刊》第6期发表诗一组。

2013年

《黄河文学》2、3合期发表组诗《回乡记》，被《诗选刊》第7期载，同时被《光明日报》《诗刊》2013年度诗选选发。

《星星诗刊》第7期发组诗《风吹西海固》，并附创作谈。

《绿风》诗刊第4期发组诗《风吹西海固》。

《诗选刊·2013中国诗歌年代大展特别专号》发表《王怀凌诗歌》及诗观。

诗歌《慢下来》收入《2013中国诗歌年选》。

获首届《黄河文学》双年奖（2012—2013）。

2014年

《星星诗刊》第5期发表《王怀凌的诗》。

《西南军事文学》第5期发表组诗《风吹过》。

创作系列散文《吾土吾乡》。

12月：诗集《草木春秋》出版。

2015年

《中国诗歌》第10期发表《王怀凌的诗》。

《星星诗刊》第11期发表组诗《我披一身形容词来看你》

2016年

《六盘山》第1期发表《王怀凌的诗》。

2017年

3月31日：中国诗歌网头条发花语访谈《是风吹动一首诗，吹动一面旗》。

《飞天》第3期发表组诗《空旷》。

《草堂》第8期发表组诗《对饮》，其中《1983年的号啕大哭》收入《2017中国诗歌年选》。

《黄河文学》第8期发表组诗《顿家川》。

《中国诗歌》第8期发诗三首。

《延河诗歌特刊》第6期一线诗人栏目推出《王怀凌的诗》。

5月：诗集《中年生活》出版。

2018年

《绿风》第3期发表组诗《风吹西海固》，其中《青灯》收入《2018中国诗歌年选》。

5月19日：宁夏诗歌学会第二次会员代表大会召开，当选会长。

2019年

《朔方》第5期发表组诗《山水与桑麻》。

《草堂》第10期发表组诗《晚风吹在峰回路转处》，并附创作谈，其中《打陀螺的人》收入《2019年诗歌作品榜》。

《六盘山》第6期发表组诗《去势》。

《星星散文诗》第11期发表《空荡荡的黄昏》，附随笔《与诗有关》并入选《2019中国最佳散文诗选》。

12月19日：宁夏第九届文艺颁奖会在银川召开，诗集《草木春秋》获诗歌一等奖。

12月：诗集《静谧》出版。

2020年

诗集《静谧》获2019年度十佳华语诗集奖。

《星星散文诗》第6期发表《此处风景无人赏读》。

《诗刊》第1期发表组诗《与已书》。

《绿风》第1期发表组诗《被鸟鸣唤醒》。其中，《像一个无家可归的人》收录《2020中国年度诗选》。

9月26日：原州区被授予"中国诗歌之乡"称号，代表宁夏诗歌学会致辞。随后，编辑原州区诗人小辑，陆续在《朔方》《诗选刊》《诗歌月刊》《诗潮》等大刊集体亮相。

《诗选刊》第11期选诗三首，其中，《像一个无家可归的人》被《中国跨年诗选》（2020—2021）收录。

编辑宁夏90后诗人小辑，在《黄河文学》第12期推出，并附编者按。

受自治区文联委托创作诗集《大道至简》。

2021年

《星星诗刊》第3期发表组诗《萧关内外》。

《朔方》第8期发表组诗《天为什么是空的》。

《特区文学》第10期发表组诗《萧关内外》。

《辽河2020年中国年度诗歌大展专号》发表《日光温室》。

7月：倡导并组织召开的第二届六盘山诗歌节圆满落下帷幕。

第三章　语体与语境

　　法国著名哲学家、社会学家、后现代理论家让·鲍德里亚曾十分敏锐地指出：现代社会构成的层面上不再有象征交换，不再有作为组织形式的象征交换。

　　鲍德里亚对社会发展的探析与认知对于身处其中的我们而言，具有深刻的认知意义。其中，象征交换语境的丧失，正是耿占春在其《失去象征的世界——诗歌、经验与修辞》一书中对我们所处其中的语境所做的描述："一个失去象征的世界带给我们平静的心态与生活。隐秘在自然秩序中的象征秩序已经解体，已不再有小心翼翼地遵守的礼仪。事物的世界不再惊扰我们的内心，也不再对我们说话，它沉默了。或者说，它们的话语在象征意义之外。隐秘地存在于自然秩序中的意义的网络也随之解体……可感知之物与可构想之物分离，自我与他物分离，生与死分离。我们处在被分离项的另一端，另外一端沦为可疑的想象域，甚至这个想象域也不能持久地存在。在事物的象征视野消失、语义资源枯竭的时候，我们的自我、内心、欲望、生与死，就失去了在象征主义视域内被感知与描述的可能性。"①

　　这样的语境势必引起其场域中语言的动荡与变革。这种动荡与变革成为20世纪80年代"第三代诗人"发起语言变革的宏大语境背景。"第三代诗人"在时代理想失落中掀起了以反英雄、反崇高、反传统、反理性、反文化、平民化、语感写作为艺术特征的诗歌浪潮，打着"诗到语言为止"，"让诗回到语言本身"的旗号反意象、反修辞，拒绝隐喻，追求诗歌的口语化、日常化。从宏大语境出发，类似于坚、韩东《尚义街六号》《有关大雁塔》一类的诗歌也是一种时代与社会症候，而不仅是诗歌与语言现象。从具体时代背景看，第三代诗人掀起的诗歌浪潮一方面是对20世纪80年代中期以来"大写的人"的解体的回应，另一方面是对"朦胧诗风"统治诗坛的僵化局面的一次打破。没有英雄，诗人也不再成为"文化英雄"被这个时代所铭记。每个人，包括被指认为精英的知识分子、诗人，都成为在现实泥淖中摸爬滚打的芸芸众生，抒情、叙事主体的视点跟着下沉。在日常生活、私密的个体经验与永不重复的细节中寻求诗意。正如韩东在《你见过大海》中反复念叨的："就是这样""顶多是这样""人人都这样"，流露出"不过如此"的咏叹。从诗歌语言自身发展规律的角度看，第三代诗人在诗歌语言上倡导的变革也源于"朦胧派"诗歌在意象经营上的过盛，第三代诗人已经不可能再在过盛的意象上开拓，不如绕道而行。说到底，人是语言的动物，改写语言，便是改写人与世界旧有的关系。而

————————————

① 耿占春：《失去象征的世界——诗歌、经验与修辞》，北京大学出版社，2008年，第1-2页。

人与世界旧有关系的破裂，势必造成语言的改写。

在"口语诗"发展进程中，其对陈旧语言的新生起过非常积极的意义。沈奇在《怎样的"口语"，以及"叙事"——当下"口语诗"之我见》一文中对"口语"于诗的积极意义做了概括："转换口语，落于日常，以口语的爽利取代书面语的黏滞，以叙事的切实取代抒情的矫饰，以日常视角取代庙堂立场，以言说的真实抵达对'真实'的言说，进而消解文化面具的'瞒'与'骗'，以及精神'乌托邦'的虚浮造作，建造更真实、更健朗、更鲜活的诗歌精神与生命意识。"[①] 从接受层面来看，"口语诗"在一定程度上显现出"大众化"的亲和力，对味于消费时代。口语化叙述，"及物性""实叙事""在场性"等都是口语诗的重要原则。客观地讲，"口语诗"是具有一定难度的，其难在于"口语诗"在一个可诗性的狭小阈限内成诗，稍有不慎，很容易落入口水诗的悬崖。但尽管如此，对于20世纪90年代场域中的部分"70后"年轻诗人而言，"口语诗"依旧成为他们最为便捷的诗歌道路之一。

在经济文化发展相对滞后的宁夏，对文学潮流的回应往往是迟缓的，甚至是置之不理的、回避的。但宁夏诗人对"口语诗"做了回应。在专注于以口语语体进行创作的诗人中，取得一定实绩的，先后有林混和查文瑾。林混曾主编过具有一定影响力的《现代诗报》。他的大部分诗歌收于2014年出版的《幸福生活》一书。可惜的是，林混进入新世纪以来基本中断了诗歌创作。出生于1978年的查文瑾至今出版有诗集《纯棉》和《天大的事

---

① 沈奇：《诗心 诗体与汉语诗性》，陕西师范大学出版社，2016年，第72页。

情春天再说》。在持续的创作进程中，查文瑾的诗歌创作从实践到理念是一个不断成长与成熟的过程，在她看来，无论是采用什么语体写作，根本上源于世界观的不同。比如其《致普罗泰戈拉》一诗："你说人是万物的尺度 / 我想你说的一定是公元前五世纪的人吧 / 若是现在，你肯定反过来"。该诗得到"口语诗"代表诗人伊莎、徐江等人的肯定。表面上，诗成于一次逆向思维，但正如徐江所言，该诗在内涵上发出了：当万物不再以人为尺度，人怎样以"万物"为尺度的反问。不过，笔者认为这首诗并不是查文瑾上乘的诗作，理性过剩，感性不足。她相对比较优秀的诗歌是那些在清简爽利的语言中留下空灵意境的诗歌，比如《它们的天空》："你看它们各飞各的 / 谁都没说天空是谁的 / 你看它们飞过的天空多干净"。在因饱含"土地"情节而普遍带着生命体验与语言负重的宁夏诗歌中，甚至整体"口语诗"中，这类诗歌都是上乘之作。

当然，无论采用什么语体写作，都是方式方法。只要是足够优秀的诗歌，在接受层面上并不一定要去指认它采用了什么语体在写作。而且从现代新诗发生之初，语言的解放是其追求的内涵之一。沈奇作为"口语诗"发展过程中重要的理论研究者，曾为"口语"与"叙事"提供过一个使其负面效应降到最小的语言策略，在他看来："情感的智慧化（相对于情感的激情化）""口语的寓言化（相对于口语的写实化）""叙事的戏剧化（相对于叙事的指事化）"可以使"口语"与"叙事"发挥它真正有价值的诗歌美学作用的可能。在口语语体写作中，这一策略值得借鉴。

第一节　口语语体的选取与林混诗歌主题的实现

虽然每位诗人的诗歌都有其独有的个性气质，但从总体看，对大自然的咏唱、对恶劣生存环境的再现、对人类坚执生存精神的歌颂、对乡土情怀的书写与对背离乡村生活经验之后的无奈叹惋等是构成西海固诗歌主题的主要方面。也正是这些"沉思"性品质的主题呈现，使得林混的口语语体诗歌具有了可读性；也是其诗歌中饱蘸的生命意识和精神立场使其诗歌得以成立。其个别诗歌在简明爽利的语言与深挚的主题共同支撑下，达到了让人过目不忘的艺术效果。由于地域性等原因所囿，在这些主题取向中，与时代中心话语紧密结合或者对当下社会发表评判的作品相对较少。但在宁夏文学普遍拒绝政治、历史的倾向中，林混诗歌又是具有介入性的。因此，从语言实验到主题构成两方面而言，林混诗歌至少对于宁夏诗歌而言具有不可或缺的成分意义。

林混诗歌主题是多向度的，生活的辛酸与苦涩，人性的卑微与灰暗，现实的猥琐与丑陋，底层生存的疾苦与无奈等都在其诗歌中得到艺术的呈现。其中，对当下社会阴暗面的批判，对人性的反思与反省，对生命本体的关怀与悲悯是构成林混诗歌主题的主要方面，也是他的诗歌从主题上异于西海固其他诗人的特质所在。

一、对猥琐丑陋现实的批判

萨特的文学介入论认为作家的责任是表现为人的解放而努力的过程，作家必须对社会重大事件、现实生活表态。而林混诗歌的现实意义、林混诗歌的批判力度正来自他对社会现实的介入。

《幸福生活》中那个下工后躺在拉料车上返回住所的男孩，"在木板中间""蜷缩"着，北京街头不肯入眠的街灯从他疲惫、呆滞的眼眸中疾驰而过时，他内心涌动起对远在固原打工的弟弟潮水般的惦念。尽管没有抱怨，没有喟叹。但在这样一幅心灵画面上配以《幸福生活》的题目形成了巨大的反差、落差。什么才算是"幸福生活"呢？"幸福生活"会属于他们兄弟吗？当男孩的目光被北京街头的路灯照亮时，那眼眸中流露出的目光很容易让人想起徐江的《猪泪》。一只被屠宰的猪，眼眸中含着一滴晶莹的泪珠，那泪珠因为寒冷的天气而凝结，在冷冷的阳光下闪着幽幽的光芒。也是无声，也是疼痛。但也是悲悯，也是批判。《幸福生活》中那两个未成年却要担负起生存重担的兄弟，他们眼中仿佛都含着一滴冻结的冰凌一般的泪珠在望着读者、望着这个社会、望着这个人世。这里边饱含着难以言说的苦涩与辛酸，它传达出的情绪不是绝望而是无望。绝望是不知道疼痛的，是麻木，而无望却是无比清醒地在忍受着刀绞般的疼痛。

《这些数字》中那些在人为的灾难中不幸死去的人们"被隐缩成一个个数字 / 放在一张过期的报纸上 / 交给了收破烂的"，《事情》

中那几个超市的员工煤气中毒死亡后每人被补偿1万元，"她们的尸体被送到／祖国的乡下／——埋掉"。这些诗歌在行文上保持着林混诗歌一贯口语语体的风格：干净利落、犀利真实。在深沉的历史意识的支配下，林混诗歌往往采用叙事策略，用简约的线条勾勒出大街小巷里那些真实的、曾经一度被大家当作茶余饭后谈资的新闻事件。诗人有意隐匿自我、退出诗歌、规避情感，让这些在叙述上似乎淡然的事件本身站出来说话，传达出对现实的深度批判。生命的崇高被残酷的现实铁证消解，对于那些被隐缩成一个个数字送进垃圾堆的生命而言，卑微是唯一可以修饰的花边。

世界、生活成为他不能理解的存在物，他把对世界的这种质疑写进了他那"枯瘦如柴"的诗歌中。看破真相后的痛苦酸楚与无奈被深深隐藏在帷幕背后，而把真相展现于人们面前："看吧，生活活生生的，没有修饰。"我不告诉你这糕点如何如何好吃，我直接塞一块给你，你即便说不出来，你也亲尝到了。在这客观的事实面前，读者也会洞明一切。这也许是林混寻找到的最简捷的表达方式——真实。虽然这些诗歌没有亮着嗓子喊"痛苦"，但他那戏谑调侃的语气中透出逼人的冷峻，像泰戈尔在《现代诗歌》一文中所说的，读这些文字你会感受到"一种用脚踩在身上蹂躏"的痛苦感，而不仅是听到、读到。可以说，无比真实的感受成就了这些诗歌。

谢有顺说："一个真正的诗人，必须诚实地面对与'我'相关的存在，以及存在的细节——它的疼痛与不安、寒冷与梦想、希望与慰藉，并通过一种词语上的承担写下自己内心的证言，而不是与日常生活疏离，或坠入形式主义的迷宫中不能自拔。"对于在底层打拼生活的诗人林混来说，真正是"在生活面前谦卑地俯下身，倾听来自它内部的叹息和悲伤"，"而那些让人激动的诗篇也反过来证明，能写下如此诗篇的人，的确是在我们的时代里诚实地生活过。"①

二、卑微灰暗人性的反省

现代工业化大生产到来之后，人类的脚步加快，农耕时代那种"慢"的生存状态成为一去不返的美好回忆。昆德拉在《慢》中曾对人心驰神往于速度中的那种心态有过这样的描述："伏在摩托车龙头上的人，心思只能集中在当前飞驰的那一秒钟；他抓住的是跟过去与未来都断开的瞬间，脱离了时间的连续性；他置身于时间之外；换句话说，他处在出神状态；人进入了这种状态就忘了年纪，忘了老婆，忘了孩子，忘了忧愁，因此什么都不害怕；因为未来是害怕的根源，谁不顾未来，谁就天不怕地不怕。"②这是时代，也是所谓现代化文明的飞速发展带给人的一种异化，不知不觉，不由自主。林混在其小诗《一幕》中描绘了一幅类似的画面："我看见一辆卡车快速行驶 / 激起的尘土滚滚飞扬 / 后面不远处一个骑摩托车的人 / 想要超越这辆卡车 / 他在鸣号，他在加速 / 一头扎进了尘土里"。但在这幅类似的画面中暴露出的却是另外一种心理——"想要超越"。加速，加速，不断的加速最终会不会将人类在满足"想要超越"的欲望之时带进"尘土里"？

---

① 谢有顺、杨克主编，《1999 中国新诗年鉴·序》广州出版社，2000 年版。
② [捷] 米兰·昆德拉，《慢》，上海译文出版社，2011 年版，第 1—2 页。

在飞速前行的时代车轮碾压下，人最终将要从"想要超越"的自主阶段滑落到"出神"状态中去。现代化的焦虑恰恰来自从自主到不自主的冲突中，痛苦也来源于反抗与妥协的矛盾斗争中。《我要杀人》一诗正是种种冲突矛盾挤压下的极端心理反映。从诗歌行文看，找不出"我要杀人"的具体动机或者直接的诱因，但读者却分明感受到诗歌叙事的主人公在令人窒息的生存氛围中寻找出路想要反抗的迫切需要。

当然，在林混的诗歌中，一方面看到了外力带来的人格扭曲、人性异化，另一方面也反省着人性之中原始的卑微灰暗的一面。例如诗歌《这样恶》：

> 这几天
>
> 我无法平静下来
>
> 我对一个人恨得咬牙切齿
>
> 我觉得把他
>
> 枪毙一次
>
> 一百次
>
> 仍然不能解我心头之恨
>
> 应该来个凌迟
>
> 一刀下去
>
> 割上一块肉
>
> 两刀下去
>
> 割上二块肉
>
> 让他惨叫吧

在惨叫声中死去

我是多么痛快

我多么痛快

我大吃一惊

我一直以为自己

是一个怀有悲悯之心的人

没想到这样恶

我努力扶住一棵树

强颜镇定

　　初看上去，诗歌中"我"的行为偏激又偏执。然而，仔细回味就会发现诗歌中的那个"我"几乎是每一个人的镜像，或清晰或模糊。"恨"与"恶"是否有界碑，还是自以为合理正当的"恨"本身就包含着面目可憎的"恶"。林混诗歌对卑微灰暗的人性反省并不是以旁观者的姿态去批判或者揭露，而是以第一人称的方式将矛头指向自我，这也是其深刻之处。在语言上，带有"口语诗"的谐趣意味。以近于游戏的态度，把人事与物态的丑陋与阴暗暴露出来。

三、对生命本体的关怀与悲悯

　　在进行现实与社会批判的同时，林混对弱小生命给予了无限同情与哀怜，深隐着其对生命本体的关怀与悲悯。对生命无端逝去的感喟和对生命不留痕的感伤，是林混诗歌的主题之一，也是其诗歌创作的底蕴，更是林混的生命体验与感受。

《回忆》《一只羊》等篇章中，诗人书写了那些曾经在大地上活过一遭的羊被捕杀被宰割的命运。对林混而言，书写这些弱小生命并非表现博爱精神的手段，而是对自我命运无所适从的悲悯与反观。对于那些在严峻的生存面前、在无所不在的权力关系面前无法把握自我命运的弱者来说，生命正如《屠夫老王》中的一只小麻雀，"屠夫老王说：杀一头牛一头驴／还要用绳子／刀子／杀一只麻雀太简单／什么也不用／一把就捏死了"。在生命的天平上，本该众生平等，然而众生置身其中的却是血淋淋的生存法则、权利网络，对每个生命而言都存在着来自"屠夫老王"的威胁，屠夫老王也不例外。

《小菲》中的"我"骑上摩托一路加速，跑着、飞着、在内心叫喊着，最终"跑进了太平间／一张白床单／已经覆盖在了小菲身上"。"小菲"是一个与"我"无关，本该绚烂开放的生命，却在一刹那间枯萎凋零。"我慢慢地站着／慢慢地凉下去／不发一声"。死亡的偶然性、无常性、荒诞性同时也证明着生命的偶然、无常与荒诞。诗歌以"我"为叙事主体，在不动声色中对"我"的行为给予了莫大的反讽。"我"在不断的加速度中寻找的仅仅是一时的快感，或者往深沉了说是寻找一个活着的证据。然而，这张活着的证据上却沾满了另一个无辜生命的鲜血。与此同时，诗歌在"我"的行为中传达出了人的生存压抑，对那无处反抗、不能反抗的凡俗人生给予了反讽，揭示了生存的悖论。在血的生存法则践踏人们的同时，卑微、琐屑、庸常的日常生活蹂躏着人们，不给人们自由呼吸的端口。理想、爱情，所有美好的一切在凡俗人生中被泯灭、被窒息。人在不断向生活妥协。

在凡俗人生与生存苦难的夹击之中，人无力摆脱的是宿命的悲剧。个体生命的诞生是偶然的，个体生命的终结却是必然的，在偶然与必然之间，人类无能为力。在理性认知这个偶然与必然之时，诗人伤感于生命消逝得了然无痕。如前文所示，林混题为《每天》的诗歌，道尽了现代人对生命流逝的紧张感：

> 每天早晨起来
>
> 洗脸
>
> 刷牙
>
> 吃饭
>
> 床上的被子放着放着
>
> 就失去了温度
>
> 我感到异常紧张

生命的温热、温情与温馨在每一天烦琐的生活流程中，在时间的流逝中悄悄降温、黯然冰凉。生命存在的无迹无痕、生命消逝的无声无息带给每一个生命个体无影无形的挤压与冲击。诗人用温情的悲悯书写着生命存在的卑微与生命消逝的了无痕迹。

其散文《黑夜里的万家灯火》是这样开头的："这是一个漆黑的夜晚，我深陷其中，我是漆黑的一部分。我行走的道路，上坡下坡，左拐右拐，突然就是悬崖绝壁。我产生了一种恐惧……"这恐惧来自那幽深不可测的漆黑，更来自这样一个"我"——黑夜的一部分。

四、口语语体的选择

正如熊英琴、沈奇在《新世纪陕西诗歌的四种写作向度》中对以伊沙为代表的口语写作所作的评析，以日常口语的亲切感替换了传统"书面语"的庄重含蓄，融合西方现代派的戏剧化、个人化倾向，口语语体有意识清除汉语词汇中积淀已久的古色古香气息，试图以一种全新的诗学立场、艺术视角与文字技术，呈现包括观念、感受、行为的复杂性、综合性、即时性等现代人生存境遇共同体的真实情状。从总体上讲，林混诗歌不在字里行间的修辞上流连逗留，而是将深沉的历史意识、深刻的现实批判、深情的生命关怀糅合在具体的"历史事件"中，叙述着人类永恒的悲剧性，从而彰显诗歌的艺术张力与深度思想内涵。而这些内涵的传达，得益于其对口语语体的选取。可以试想，如果这些内涵并非借助口语传达，尤其对于如诗中所书写对象而言，将产生隔膜，在语言上还可能有居高临下之感。其中发自内心的生命体验的"同"，将被俯视的"异"所取代，诗歌切肤的疼痛感将打上折扣。"口语入诗，确然有它的许多优势：轻快、有力、鲜活，包孕着生活化语言以及身体化语言的丰富性、生动性与复杂性，处理得当，更能产生普适性的审美效应，增加阅读的亲和力，不隔膜，人气足。"[1] 也正是因为形式与内容的统一，使得这些诗歌

---

① 沈奇：《诗心 诗体与汉语诗性》，陕西师范大学出版社，2016年，第17页。

看上去不伪善，具有浑然圆润的完成性。

其次，从林混个人的生存状态与个人性情看，口语类似于"母语"的本能性，以"母语"抒怀叙事，得天独厚。林混长期生存于社会底层，在乡镇村野，他见过了太多底层生存者，他也是其中之一。他熟悉他们的语言，懂得他们的语言。在林混的散文中，尽是那些卑微生存者的爱恨情仇与沧海桑田。持口语写作，才能更加切近自己、切近对象。

第三，尽管林混诗歌中透露着苍凉与无奈，但他是个对生活和世界抱有希冀的人。在对那些个体无力改变的世事面前，林混常常以游戏的态度去消解与稀释沉重生活带来的尴尬与无奈。口语的谐趣吻合了他的这种性情，也更适宜于一种无奈的游戏态度。

第四，从现代新诗发轫之初看，诗歌语言的变革根本上是因为我们与世界的旧有关系发生了变化，世界随着时代的变化发生了巨大变化，人的生存处境随着时代与社会的变化也发生了巨大变化。现代人在自身所处的日常生活环境中，已不能像草木与周围生存环境具有完全融洽的合一性。现代人与其所处的机械化环境、数字化环境之间本身具有对立性的一面。只是，从更宏大的时代发展角度看，现代人的"植物性"生存记忆还没有完全遗忘，他们的田园牧歌情怀、他们的土地属性的家园意识等都使得他们不能够完全成为机械化与数字化世界的诗意栖居者。生活本身所发生的改变，需要有新的语言来陈述，而旧有的语言、充满历史文化积淀的语言看上去"讲究"，甚至带着贵族气息，却很难传达新经验。而口语是新生的，它每天都在面对新的当下，它能够完成对新事物的命名。在这个瞬息万变的时代，在农耕时代"情景结构"的抒怀转变为今天以"情事结构"为主的表达需要之时，脱去历史文化积淀甲胄的口语可以轻便前行，也能够"随物赋形"。

口语入诗是诗歌不断自新并保持"活"的状态的秘诀之一。观察林混诗歌，可以看到口语语体的选取，对诗歌特定内容的呈现具有不可置换的重要性。

第二节　个人化语境与郭静诗歌的依持

我们处在一个巨大时代的转折点上，在这个转折点上，对于每个写作者都可能具有悲剧意义。当我们用自己珍贵的半生掌握了生存之道、习得了生存法则、懂得了生命的要义，而这些在时代的巨变面前有可能都将被颠覆。在宁夏，在宁夏南部山区，前现代、现代以及后现代文明在今天几乎共存于同一个时间场域。很可能一家三代人在价值观念上分别携带了三种时代投影。在这样一个文化背景下，对于写作者而言，其用大半生习得的语言与方法也可能在新变世界面前处于失语的状态。这可能是现代社会给本就持有生命"仅此一次"宿命感的现代人追加的另一个符咒——速朽。在时代、社会巨变面前，如果不追赶，可能下一秒就被抛弃。可能在人类历史上，只有现代人才饱尝了追赶时代的疲惫。隆德位于宁夏南部山区，郭静在这个小城的乡镇做过教师，之后借调到小县城的文化馆工作。郭静安静、腼腆而真诚。小城编外的身份，日常老百姓的生活状态，安静腼腆的个性使他具备了一个底层草根诗人的标配。但与林混不同的是，郭静不会以近于游戏的方式去处理生存中的尴尬与无奈，他的处理方式是隐忍与接受。内向的性格投射在他的诗歌中，形成了他几乎完全拒绝世界而纯粹与语言、与诗歌对话的诗歌特征。

郭静诗集《侧面》开篇于一个疑问："一支枯笔　如何还原／风暴深处最初的疼痛或温柔"，关乎诗的诞生，也关乎诗的功能。但同时，这个疑问中暗含了一组相互拒斥又相互融合的肯定与否定。从肯定的方向上看：写作，可以抵达事物本身！"如何"二字在此可以理解为"怎么样"，是一种积极探寻的态度，可以肯定的是能还原，有疑问的是如何还原。在这个意义上，也可以说，诗集《侧面》始于一次有确定目标的探索与跋涉。从否定的方向上看：写作，怎么可能抵达事物本身！"如何"二字在此可以理解为"怎么可能"，是一种消极的否定。意为靠一支枯笔，怎么可能还原对象，是疑问。在这个意义上，也可以说，诗歌写作一开始就是一次不能抵达的出发。在肯定与否定的矛盾冲突与角力中，《侧面》开篇。在这个角力中，隐含着关于语言本体性问题的思考。也是从这个疑问中，可以看到，郭静那些拒斥了政治、历史的诗篇几乎都是在自我内心与诗歌语言之间展开的对话与思考。从诗歌的题目看，"出口"一词也可以有两个路向，一是寻找出口，二是道说。作为一个诗歌写作者，郭静在努力达到词的及物性；也是作为一个写作者，他要以语言的方式传达出自我内心的声音。

让我们将这首开篇诗《出口》提起来抖一抖，以便进一步搜寻郭静诗歌的秘密。我们先看见词："躲进""淤积""腐烂""虚晃""阴霾""游移""狭小""徒劳""灰烬""坍塌"，一堆并不光亮、不坚实、不积极的词语。在这些词语的修饰之下，我们看到了被它们限定的名词："我""屋子""内心的事物""时光""芽""目光""空间""文字""柱"，等等。前后两组词之间构成或为述谓或为状物的关系，但归根结底，是限定。被前排的词语限定之下，后排的词语都附着了晦暗、虚飘、消极的色彩，呈现出诗人的心象。也就是说，万物在郭静的诗歌中都是被他的心情挑染过的。在词语的选择上，郭静选择了一群文绉绉的词语，这与林混形成鲜明对比。在意象上，郭静选择了较为常见的意象。因此，郭静诗歌带着典型的文人气息，又是被读者所熟知的、易于接受的情怀与心绪。而诗歌中，这些都只关乎他个人隐秘幽微的内心世界以及他与语言之间的关系。郭静诗歌的空间是个人化的、封闭的，表面安静内里波澜起伏。个人化的空间、心绪、意象，等等，形成了独属于他个人的语境，投射着独属于他个人的心境。他不急于跟任何人交流，只在诗歌内部做自我挣扎与冲突。他的挣扎与冲突又局限于语言。

于是，我们便能够理解，"我"为什么要"躲"和"躲什么"。作为诗人，所幸他有地方可躲，他有诗人可以独自居留的空间，尽管那"一间屋子"是一个"狭小的空间"。但在那个狭小的空间里，诗人能够"为灵魂寻找一个出口"，能够"把记忆的痛抚摸"。在那个狭小的空间里，有一盏"灯"在"摇曳"。这里的"摇曳"，与前面所提前排词语不同，它的摇曳并非为表达不确定。它的摇曳是召唤与招引，那盏召唤与招引"我游移的目光"的"灯"，是诗作中唯一的温暖和明亮，是光源所在。因为那盏灯的存在，屋子被照亮，事物被照亮，"我"被照亮。从写作的角度看，也是对写作行为本身的一种肯定：因为书写，万物得到呈现。

于是，我们看见，诗人在这狭小的空间坐下来，在灯的照耀下静下来，尽管他的面前是看上去"徒劳的文字"，但在"一杯茶由浓变淡"的过程中，在"一根灰烬之柱""訇然坍塌"的瞬间，在"一个日子叠加在另一个日子之上"的累积中，横在诗人面前的是那个肯定与否定相互拒斥又相互融合的命题："一支枯笔 如何还原 / 风暴深处最初的疼痛或温柔"。这是作为写作者的郭静面对写作之时重要的动力源泉，也是诗人的焦虑、痛苦与乐趣、喜悦所在。写作本身作为命题，在郭静诗集《侧面》中多有出现：《一张纸渴望着什么》《我的笔不敢落在纸上》《寻找词语》等都在否定与肯定的矛盾冲突中，一次次探寻与确认写作本身的意义。可以确定的是行动本身有意义，对郭静而言，诗歌写作就是笔下生花、纸上绽放的神圣又神秘的瞬间，只要在写，就是意义的赋予。

写作的眩惑与醒觉是郭静诗歌的依持之一。

此外，郭静《侧面》还依持了"世上"这一主体生存与存在的场域；依持了在地理空间中体悟的"行走"；依持了在历史空间、艺术空间中的那些"虚设"；尤为重要的是，郭静诗歌也依持了农时，让"农历的光芒"在他的诗歌中得到挥洒。因此，他分别以《花开的声音》《世上》《行走的歌谣》《虚设》《农历的光芒》做了诗集五个分卷的标题。

"在世上走一遭 / 和你们当中的大多数人一样"是郭静对人世的态度，但他依旧无意于与外界对话，依旧回到自身。"像一棵树一样倒下 / 听得见訇响或者什么也听不见 / 倒在宽恕着的大地上。这就够了"。这是他处世的态度，希求不多，甚至并不索取什么，正如我们平日所见的郭静，诗如其人。在《行走的歌谣》

中，我们也可以看得到，郭静的行走的地理版图并不阔大，最远到达过凤凰古城。但不必替他惋惜，无论身在何处，郭静都将它们视作此在的场域，六盘山脚下与凤凰古城并无区别，正如《行走的歌谣》卷首的题诗："我只是一个过客／在黄河浪上漂流一回／在此岸是一只罪孽的羊／到彼岸成为一根无辜的草"。不仅穿透此世，也看破来生，不过是轮回。在卷四中，郭静透过历史的秦火清烟看到一切不过是"虚设"。让郭静找到在世牵系与依靠的是大地，他深情而热烈、灵动而睿智地歌颂了大地，歌颂了谷物，歌颂了劳作者。"给我一棵大白菜　腌起来／半世的光阴会变得滋味分明"，"人匆匆上路时，陪伴他的／最好是一把同病相怜的镰刀"，"唯有酸刺　才把自己的魂／牢牢攥在手中"……那些蘸了智性光芒的创造性诗语集形象与哲思于一体，将大白菜、石磨、油灯、镰刀、枯藤、土豆、沙棘……——擦新擦亮，让它们泛出现代性的诗意的光芒。郭静也用这些诗歌回答了"写什么"与"怎么写"之间的关系问题。似乎在对农时的书写中，郭静也找到了"一支枯笔　如何还原／风暴深处最初的疼痛或温柔"的法子。

当然，对于一个创造语言的人——诗人而言，这一切的依持都归于语言。通过《侧面》能够看到，这个腼腆、安静、讷言的诗人在诗语的打磨与追求上的凌厉："那个用一生呐喊的人／他的声音压抑已久／他的声音携带者凌厉的铁"。《侧面》中出现十分频繁的一个诗歌意象是"刀子"，对于诗歌写作者郭静而言，他在不断地磨砺那把语言的器物，为的是刃上的锋芒，从而让那个"如何"不再是一个疑问。一个诗人所为，不过是运用语言的锋刃去抵达。在这一过程中，我们也能够看到，郭静如何将那些过剩的词汇逐渐割舍。可能有一天，他蓦然回首会发现，在时间的磨灭中，《我在老巷子等你》那一类诗歌会越来越亮，它们在《侧面》中是最彻底舍弃了过盛的词汇尤其是修饰语的诗作。

也可能，诗人最根本的依持应是事物本身。

郭静的诗歌完全呈现了他的在世姿态，他的处世态度，他对诗歌的认知，他对语言的犹疑与他对写作的依赖。在非常自我的语境中，郭静在追寻写作的意义，也是以这样的方式，郭静在中国西部山区一个僻远的县城确认着人生在世的意义。

第四章 质素与配方

曾几何时，"80后"一词在出生年代之外包含了青春、创新、叛逆等内涵，在国内，以韩寒、郭敬明、张悦然等为代表的"80后"一代似乎具有势不可当的变革的可能性。他们一出道就带有"明星"的气场，在大众化需求与商业利益驱动下与市场达成了共赢。在相对滞后的宁夏，即使是"80后"，也很少带有外界"80后"所具有的时代潮儿的姿态，他们大多数在精神气质上承袭了他们的父辈：隐忍、内敛。比如作家马金莲，仅读她的文章，很难将她归属为所谓的"80后"这一群体。但以时日计，今天在谈"80后"，似乎只能指认它作为出生年代的限定性。2020年6月15—17日，宁夏师范学院文学院举办了"宁夏文学生态建设学术论坛暨'80后'作家创作研讨会"，研讨会邀请了沈奇、胡亮、东涯、林珊、年微漾、张富宝、王怀凌、单永珍、高丽君、马璟瑞等区内外老中青批评家、诗人，对宁夏"80后"作家马金莲、田鑫、刘岳、马泽平、马晓雁、许艺、王强等人的小说、诗歌创作进行了研讨。"80后"作者刘岳、马泽平、田鑫、马晓雁参加了会议，对评论家给予的点评进行了现场回应。会议在肯定宁夏"80后"创作成绩的同时，主要讨论了各位写作者写作中存在的缺憾与问题，会议也讨论了"80后"这一时过境迁的命名内涵发生的时代变化，以及它可能带给这一波被称为"无名"时代的写作者可能的写作生长点。沈奇、胡亮、年微漾就"80后"现象做了整体讨论；宁夏师范学院教授王兴文探析了马金莲小说；固原市文艺评论家协会会员高丽君分析了许艺的小说；宁夏师范学院副教授倪万军分析了田鑫的散文创作。张富宝、林珊、东涯、高余、马璟瑞等诗人、评论家对"80后"诗人马晓雁、王强、马泽平、刘岳的诗歌进行了讨论。其中，张富宝对马晓雁评论与诗歌创作做了检视："我并不想特别强调马晓雁'80后'的身份，她的身上也并不具备同时代'80后'群体的特征，她更多的是作为一个独立/疏离的'个人'在写作。其实宁夏的'80后'诗人大都如此，他们普遍远离中心，偏居一隅，刻意与时代和现实、文坛中心与流行趣味保持着距离，更注重'为写作而写作'，更倾心于诗艺的探究与自我的完成度。同样，较之于她的前辈诗人来说，马晓雁也始终在努力祛除'地域化'的痕迹，自觉地突破地方的阈限，而她最好的作品主要集中于此。不过，在马晓雁的诗中，也还有一大部分的作品是写亲情、家庭、故土、乡恋，等等，这些作品还没有摆脱'影响的焦虑'，其中可见诗人的焦虑、矛盾与游移。……同时，特别需要指出的是，马晓雁这样的写作是向内的、孤离的、沉静的，缺乏更多生活的面相与把握复杂现实的能力，在某种程度上来说，可能容易导向逼仄、凝滞与虚无，陷入'寂静主义'的泥潭，也可能会形成某种写作惯性或写作惰性。其实这一点也是宁夏'80后'诗人身上普遍存在的问题。我们需要不断反思的是，我们能否走出'舒适区'，彻底打碎、扬弃和重建？我们能否写出更具异质性、复杂性、多样性与原创性的作品？我们能否去尝试长诗、大诗、主题诗或混合诗等的写作？"[1]诗人林珊通过诗的形式、素材、语言等几个方面对王强诗歌做了简略的观察，并作出如下评价："王强是一位具有一种强烈风格意识的诗人，他独特的审美，他稳定而娴熟的技艺，他主体与客体互换的视角，都贯彻在他的作品里面，写出一些值得我们可以多次细读的文本。但通读他的诗集，还是觉得诗的强度与密度方面有提升的空间（我个人的理解，强度与密度就是个人与时代、与传统的一种相遇，仅仅是个人还是有点淡薄）。这当然也是一代的困境，诗人之所以为诗人，是因为他要做到的是一种绝对的主观，同时也是一种绝对的客观，即主观与客观合一，我与诗合一。"[2]诗人东涯对马泽平诗歌做了细读，她说："通读马泽平的作品，可以感觉到他的创作是一种无意义创作，力求转换以我观物的视角为以物观物消解意义，然而诗人的内心世界才是最高的真实，他虽然在消解意义，但意义并没有真正消解而是通过象征完成了意义，这种象征最终关涉到诗歌的意义，就如布罗茨基所说的，一件艺术品总是被赋予超出其创作者之生命的意义。"[3]宁夏"80后"诗人马璟瑞对比阅读了刘岳的诗集《世上》和

---

① 张富宝：《窗外有另一种色泽——马晓雁诗歌论》，"宁夏文学生态建设学术论坛暨'80后'作家创作研讨会"发言稿。

② 林珊：《风格的辨认——以'80后'诗人王强为例》，"宁夏文学生态建设学术论坛暨'80后'作家创作研讨会"发言稿。

③ 东涯：《仿佛世间只此一日——简谈马泽平诗集〈欢歌〉》，"宁夏文学生态建设学术论坛暨'80后'作家创作研讨会"发言稿。

《形体》，认为："如果说诗集《世上》是刘岳对诗歌语言、形式的探索，对情感一种激烈孤苦抒发的话，那么《形体》在刘岳诗歌进展中，这将是他至关重要的一笔书写；若将《世上》看成一卷单纯打开的画卷的话，那么《形体》展开的画面要比《世上》深刻、复杂得多，将不再是单纯的个体的、而是动态的行走与呈现；之所以说它意义的重要，不仅是说它在诗人下一步的创作中将要面临更为艰难的突破，诗艺的又一高度和超越，而是它给予我们的安慰和启示。从刘岳的出生、家庭文化底蕴的薄弱和所接受的教育以及我对他的些许了解来看，刘岳是一个天生具备了诗歌才华和诗歌品格的诗人。当然，后天生活命途中的遭遇和他在诗艺上的勤奋及探索是不可或缺的，甚至起到决定性成就的作用。在《形体》中我们几乎很少见到《世上》诗歌所呈现的那种激情，情感的赤裸所抒发的孤苦和辛酸，更多则是一种伴随着生活自然的苍凉中的宁静或不动声色的撕扯。……从《形体》中我们可以看出，刘岳是一个绝对拥有诗歌语言的人。这对一个诗人显得尤为重要。"[1] 研讨会上，评论者更多讨论的是许艺的小说创作、但若从语言的创造性方面而言，许艺的诗歌在质量上也值得充分肯定，只是她更多的成果在小说领域。

　　在诗歌创作上，宁夏"80后"诗人群落整体上并不像"70后"那样队伍庞大。在进入诗歌创作的方式上，"80后"中的众多诗歌写作者是通过网络而走向诗歌创作的道路。其中，马泽平在参

---

[1] 马璟瑞：《刘岳诗集〈形体〉漫谈》，"宁夏文学生态建设学术论坛暨'80后'作家创作研讨会"发言稿。

加了诗刊社第35届青春诗会之后，成为国内具有代表性的"80后"诗人之一，并且在探索中至今保持着强劲的创作势头。与马泽平不同，宁夏"80后"诗人刘岳并没有那么幸运，尽管在诗艺上并不输于国内大多数"80后"代表性诗人，但由于地域的局限、个人性格内潋、诗语的幽深等种种原因，刘岳的创作并没有在全国层面上引起过多少关注。

第一节　重新抟塑：马泽平诗歌的配方

也许是出版商们脸上流露出的不安神情神迹般改写了《抒情时代》的命运，使之以兰波的诗句"生活在别处"为名，被阅读、被解读，也达成了米兰·昆德拉在20世纪50年代中期就产生的那个念头："解决一个美学问题：怎样写一部属于'诗歌批评'的小说，同时它自身又是诗歌（传达诗歌的激情和想象）。"①《生活在别处》也征用了兰波、雪莱、莱蒙托夫、马雅可夫斯基等不同国度的诗人，描述了他们的激情与幻想，但这部传达了诗歌激情与想象的著作终究是以小说的面目著称于世的。对于一开始立志要写小说的马泽平而言，《生活在别处》是他众多小说读物中的一款，虽不能确定这部小说在文体意识上带给马泽平多大的影响，但就马泽平此后诗歌中所面对和解决的"美学问题"而言，与昆德拉有着类似的思考：以何种方式、在何种程度上，用诗歌完成

---

① [捷] 米兰·昆德拉：《生活在别处·序言》，景凯旋、景黎明译，作家出版社，1989年，第1页。

小说的抱负又使诗歌葆有诗性，或者，对于马泽平而言，是以何种方式在诗歌中暗藏那个小说的梦想，又不至于让其成为诗歌的噩梦，且能够最大化地成就诗歌。

一、"出位之思"

作为浸淫过电影艺术的一位中国"80后"，马泽平找到了桥梁与依凭——镜头语言与思维。至此，构造马泽平诗歌的建筑艺术已不仅是诗歌与小说两种文体的相互扶持，而是兼容了电影艺术的手法。跨媒介的"出位之思"让马泽平的诗歌表征出更丰盈的艺术内涵。从这个角度上看，马泽平的诗集《欢歌》以《湄江河上》开篇便具有了特别的意义。为了看清它的全貌，在此对该诗做全文引用。

湄江河上

河面上闲落着几朵浮萍，也有水鸟在高过轮渡的地
方鸣鸣
孤独的人没有出声
点一支烟，看鸟翅擦过船舷

他数着手心里剩下的念珠
最后几颗了。西贡还是没能下雪

他为她备好精致的屋舍
——木质器具来自于中国

他说起妻妾，她说没有关系
这时候
她像颤动着的烛火。风轻轻吹着

在建筑上，诗歌由三个诗节构成，它们之间的转换具备诗节应有的"转折"意义，即使不知晓这首诗歌身世的读者，也不会产生阅读障碍。但作为对电影《情人》的一次诗歌转译，诗歌的三个诗节转换分别来自三个不同的电影镜头，编辑、推位摇移的镜头语言与思维给了诗歌外在的构型依据。沿着诗中"湄江河""西贡""来自中国的木质器具""他的妻妾"……可以顺利地找到这首诗歌内容上小说的外祖母：杜拉斯的《情人》。钩沉这首诗歌的往事，就可以看到诗歌在多大程度上利用了小说与电影：电影、小说、诗歌相互叠映，生成文本复调的肌理。在细微处，小说的故事情节与电影的镜头等丰满了诗歌，也丰富了诗歌的内容与技巧；在宏观上，小说、电影在马泽平的部分诗歌中替代了现实生活而成为诗歌的母本与背景，在虚构之上再虚构。这也是马泽平这一代人与他的父辈们精神文化构建上的差异之一，也是使得马泽平诗歌最大化脱离了地理阈限与地域气质的重要原因之一，亦使马泽平的这类诗歌在一个数字化的、主要靠视觉传达的读图时代对读者呈现出了一定的亲和力。包括他对一首诗歌的品评，也是同时在用小说的思维、电影的思维、诗歌的思维在欣赏，他说："读茨维塔耶娃的诗，感觉像在看电影，远景与近景交错、虚与实相因而生，又似读一本书，起因、经过、高潮、结果，秩序井然。尤其喜欢她对细节的捕捉和刻画，柔和逼真，令人沉浸其中，欲罢不能。"这同样适用于镜头感给马泽平诗歌带来的助益。诗歌在化用小说的故事情节时，叙事的成分带给诗歌的不仅是叙述事件，也是一种口吻和氛围，尤其重要的是其内在的音乐性，这种内在的音乐性与情节的推进相生相伴，与诗歌外显的韵致相生相伴，共同完成了诗篇的交响与重奏，彰显了诗歌整体构架的内在张力。

当然，对于写诗的马泽平而言，这并非一个文化命题，而是一个美学命题，一个文体命题。沿着《湄江河上》指示的路口，一路途径《第176号梦境》《布拉格广场》……可以看到马泽平不断向小说的领地开拓诗歌的疆域，小说的戏剧性、小说的具象化、小说的拟人化；小说与诗歌、梦境与现实、虚构与现实、写作者与叙述者、叙述者与人物；时间的线性、空间的平面性都可以通过诗歌的魔幻术打破壁垒。拿破仑的流放地圣赫勒拿岛与一部小说中的植物学老师、阿伦娜教堂，电影《罗生门》中的活板木门，诗人自身常年乘坐绿皮火车穿梭的经历，通过镜头的切换糅合在同一首诗歌中。如此繁复、琐屑的材料，对于诗歌写作而言，是一种冒险，稍有不慎，都会让瞬忽即逝的诗意流走。但《欢歌》中几乎没有一首诗歌陷入那种危险的境地，在很大程度上，要归功于马泽平诗歌造境的醒觉与追求，在造境中传塑、显现出的是诗人心象的奇观。

二、因我设境

又比如《湄江河上》，具备了小说的一切质素：人物、情节
与环境……但它最终还是以诗的质地呈现在读者面前，发出诗的
召唤，道出诗的言说。它有叙事，但不为叙事而叙事，甚至也可
以不依赖于叙事而成立；它既具有外显的音乐性，又具有情节结
构内蕴的音乐性；它有虚构，但它的虚构为托生意趣与情趣而创
设。"河面上闲落着几朵浮萍"，诗歌始于这逝者如斯的流逝感与
无依无系的漂泊感。在水天茫茫中，人物出场，"孤独的人没有
出声"，人物的悄无声息应和了脚下"寂无声息"的场域，似乎
人与江面都只是镜头中飞动着、发出声响的水鸟的行动场域构成，
对水鸟而言，人无异于江面上的一叶浮萍。人的存在的寂寥感与
孤独感漫衍过辽阔的江面，氤氲成全诗的意境。这层诗境的基础
建设完成之后，人物开始行动，"点一支烟，看鸟翅擦过船舷"，
有闲看落花的意趣，"鸟翅擦过船舷"的瞬间隐喻和预示着两个
即将相遇的人物的危险关系与他们终将分离的命运，惊心动魄又
让人怅然慨叹。"鸟翅擦过船舷"这类镜头作为隐喻与预示，也
是被基耶斯洛夫斯基、李沧东、关锦鹏等大大小小的电影导演谙
熟的技艺。接下来的情节在细节并置和意象并置中展开，"他""手
心里仅剩的几颗念珠""还没能下雪的西贡""精致的屋舍""来
自中国的木质器具"，有意识无意识的主体感觉关联着它们，氤
氲出诗意氛围。当"他说起妻妾"，当"她说没有关系"的时候，
"她像颤动着的烛火"，电影中珍·玛琪诠释的简没有执着于地久

天长，小说中"我"的叙述也没有纠缠于天长地久，此地的"她"亦不曾与斯长相守，她们过早地接受了作为此在者浮萍般的命运，在寂然无声又辽阔无际的场域中，在场者都是风中烛火，明明灭灭，到哪里去把握恒久？当然，诗歌并没有为此而降调，诗歌写作者对此也坦然地接受，甚至从中腾挪出自己去旁观。"风轻轻吹着"，是江面轻风，是人世轻风，是内心轻风；是慧能的轻风，是怀斯的轻风，是志南的轻风；是情节里的轻风，是镜头里的轻风，是诗思里的轻风。在以烛火呼应开篇的浮萍之时，这缕轻风以四两拨千斤的绵柔轻松化解了轮渡也载不动的那几多愁绪。于是，诗歌没有走向无力无奈的在世泥泞，而是超脱为了无踪迹的云烟，向无处去。浑然一体的诗境，应和了中国古典审美情趣的神韵。

虽是应和，但这里有必要指出，马泽平并不着意在物象中打捞和撷取禅机，顿悟并非他的诗歌追求，他无心走禅悟的老路，提取和激发诗歌的情趣性与意趣性才是他心心念念反反复复打磨提炼的目的。而使这些情趣与意趣得以依托、得以浑然一体的最终指向是他对诗境的造设。王国维在《人间词话》中说："写境者，即以客观之笔写现实之境。譬如'缺月挂疏桐，漏断人初静'……造境者，即以主观之笔写虚拟之境，譬如'当时明月在，照得彩云归'……"[1] 王国维也感叹了写境与造境的难以分辨。虽然对写作者而言有因情造境和因境生情的分别，但对于艺术真实的追求使二者所生之境有时逼近，难以区分。不过，关键不在于区分，

---

① 王国维：《人间词话》，陕西师范大学出版社，2010年，第87页。

关键在于是否有诗境的生成，所生成之诗境是否有新的生成的可能性。

马泽平的诗境生成既不同于王国维所说写境，亦不同于王国维所说造境，又有兼取。马泽平的诗境生成似乎更是一种改造，亦有虚构之上的再虚构，切割、拼接、腾挪、糅合是他为装修诗境而惯用的技术。比如《湄江河上》对电影与小说《情人》的改造、转译；比如《马尔克斯和他的女人们》中将作家置入他的小说中的探索；比如《布拉格广场》中将诗歌写作者置换为小说家米兰·昆德拉先生的尝试。"想象自己在一条河的尽头／遇到沉思的苏格拉底"，梦到"我站在锈迹吞噬过的黑色桥头上／和我独眼的植物学老师"，玩"北京下雪了，巴黎晴，纽约的天比圣地亚哥隐晦"的地理拼图，拆解中心与边缘，"从世界的心脏／——倒墩子（我世居于此）／通往偏僻的纽约、北京与巴黎"……但记住，他改造的目的不是面目全非，而是形成全新的诗境，其中处处情趣，处处意趣，在魔法般的拼图中让地理成为文学的地理、诗歌的地理，让时空成为心理时空、诗思的时空。对现实世界与小说虚构的改动，带来的不是词的陌生化，是情感的陌生化，也让陈旧世界散发出新鲜感，激发出疲乏世界的活力，诗人此时是一个玩纸牌的人，是一个玩拼图游戏的人。在拆解与拼接中，马泽平的诗歌脱离了地域标签，镀上了一种世界性的光泽。而他写到的某地，一定又是为诗境的创设服务的，他写到的西贡不是胡志明的西贡，而是还没有下雪的西贡；他写到的圣赫勒拿岛不是拿破仑的流放地，而是遍生众多植物的热带；他写的布拉格不是战乱的布拉格，而是放置了昆德拉咖啡杯的布拉格……事物与细节的情趣与意趣共同经营出马泽平诗歌的境，可谓是有我之境与无我之境之外的因我设境。

当然，马泽平诗歌也不是处处大动干戈才能装修出意中之境，他也捕捉瞬忽即逝的感觉，把握浑然天成的诗境，比如《赞歌》：

> 水杉和雾凇漂亮极了
>
> 你对我说：
>
> 真好，我们
>
> 走过茨坪镇的时候
>
> 八角楼上
>
> 那盏灯依然亮着

此处无需实际意义，意义走失，留下的是情绪和人性生发出的光芒。或者可以说，营建诗境即是诗歌的全部意义，套用波德莱尔的一个句子：诗歌（自然）不带来任何绝对的东西。放弃了功利性的意义，诗歌获得了诗性的审美意义，与顾城的《门前》可以媲美："我们站着，不说话 / 就十分美好"。欣慰的是，顾城的希望在马泽平这里成为对实有的赞颂。

三、细节撷取

马泽平是一个有准备的写作者，尽管在访谈中，马泽平坦然承认："我细细回味过成长经历中的每一个值得一提的情节，但很遗憾，实在乏善可陈。我生于农村，童年和少年生活与身边人并无不同。"如果非要看出点端倪，那就是："别人一学就会的游戏，我往往怎么学都打不好，也不爱篮球，就只好买各种好看又便宜的笔记本，誊抄自己喜欢的古诗词，也抄歌词，偶尔会编些故事"。以至于在初中的作文课堂上，他因为一篇书写理想的文章被教语文的马赞功老师当堂宣布：你已经是位作家了！"现在看来，可能是那句话点燃了一个少年幼稚的文学梦想吧，以至于后来的许多年，从小说到诗歌，无论有多难，我都坚持了下来。"一句称赞即可燎原。尽管没有生在高处，但也许那正是一条成诗之路，包括从大学中文系肄业的经历、婚姻中的变故、生存场域中的漂泊，一切都伺服于写作。成长过程中，对于中国古典文学的谙习，对于20世纪以来重要的外国小说的浸淫，对中外文论的涉猎，使得马泽平的写作一开始便处在一种观念与理论相对醒觉的状态下。他的很多诗学笔记与写作感悟推送在他的诗歌微信公众号"泥流"上，那也是一片让诗人不断汲取力量和成长的田野。

　　"往往一首诗的语言先于架构以及内涵带给我阅读的愉悦感……往往是一首诗的架构以及内涵超越语言留给我历久弥新的愉悦感"。的确，相对于句子迷，马泽平更追求诗歌营建的整体境界。但这并不意味着马泽平不重视对诗句的锤炼，只是他那些用"盐水煎熬过的句子"隐伏于诗歌的整体诗境之中，有点像汪曾祺小说所谓"不能切割"的水意。如果非要切割，也会撕扯出箴言式的诗句："我总拥有同一只瓷碗 / 盛清水，也弹烟灰"，甚至《告诫》式的绝唱："我的胸口藏有 / 劲竹与积雪 / 我不担心没有听众"。但总体上，马泽平无意于走"语不惊人死不休"的窄路，他意在谋篇，志在诗境。为此，他更着意诗语的情趣与意趣，而那些情趣与意趣最终又落到情节与细节上，落在意象上。

"是的，我迷恋细节甚至多过语言艺术本身。"在他众多的带着叙事性与镜头感的诗篇中，他依持了细节的力量，比如《湄江河上》，"他数着手心里剩下的念珠 / 最后几颗了。西贡还是没能下雪 / 他为她备好精致的屋舍 /——木质器具来自于中国"。比如《布拉格广场》，"下午的时候，小说家米兰·昆德拉先生 / 用食指敲了敲椅背和桌面 / 他点了两份咖啡 / 他把加了小块砂糖的那份 / 递向留出来的空座位 / 时间还早，足够他完成想象：古老中国……"比如《重读〈百年孤独〉有题》，"一个女人回想起醉酒经历 /（我的确喜欢这里，我愿意为她切好菠萝片和面包）"……当诗歌依持细节寸步前行时，细节上附着的故事感、细节上散发出的时光磨灭感、细节上漫衍的生之兴味、细节上氤氲的不能言传之意味给诗语带来毛茸茸的可生长的意趣与情趣。

在细节描摹的同时，马泽平也注重意象的抟塑。比如他那些箴言绝唱，要在有限的诗句中传达出无穷之意，诗歌依持了意象："我总拥有同一只瓷碗 / 盛清水，也弹烟灰"，"我的胸口藏有 / 劲竹与积雪 / 我不担心没有听众"。瓷碗、清水、烟灰、劲竹与雪，被编码进诗语中，既是实指，亦是意指，既是所指，亦是能指。瓷碗既是容纳之物，也是存在场域。清水与烟灰，劲竹与雪；前者是洁净与琐屑的选择，又是水与尘的不能断舍；后者是刚与柔，是猛虎细嗅蔷薇。虽然那些被人们熟知的意象，"在流传和解读的不断公约化提取中"，很可能"成为工具性明显的语词式的语言存在"，意象的诗性也可能会在生成典故以后消亡，"简单的移植不可能赋予它们生命力。"^①但马泽平有时创新，有时也恰到好处地移植。与此同时，他也让古典诗歌的流脉在自己的诗歌中得到遗存与传承。那些古典意境与意象借助异时代的语境生出错愕的花来，因时空流转的缘故生出了新意，激发了新趣，产生了新美。

正是细节的描摹与意象的抟塑给诗歌带来了面质，使诗歌既"有木石心"，亦"具云水趣"。这也正是马泽平有意为之、心向往之的写作境地。

一个文体意识醒觉的写作者，定然要走得广阔而深远，马泽平的诗歌写作在有意打破小说与诗歌的壁垒，甚至吸收了电影表达的技术。同时，他的诗歌又保持了小说叙事与诗歌叙事的微妙界限，其诗歌对虚构的虚构增强了诗歌的表达力度、丰富了诗歌的表现方式，又保持了恰到好处的分寸感。这份拿捏源于写作者不断的思考与打磨，甚至也可能源于所谓禀赋——毕竟，不是任何一个拿到配方的人都能调制出佳酿。在内容上，马泽平让诗歌回到诗歌，他不为讲故事而虚构，不为带来知识而思考，他全部的目的在于传达意趣与情趣，在于营建诗境。为此，他重新拼接了地理，重新缝合了文本与现实、梦境与现实、虚构与现实，他有《一个诗人的绝望与失败》，也有《读写困难症患维特根斯坦》带给他的启示："对于物的本质/语言只能呈现多余"。他锦绣前行的诗行并不完全依赖修辞，他描摹细节、抟塑意象，他相信，语言不能抵达的地方，那些毛茸茸的意象与细节定然能够带来意趣盎然的生成。

---

① 傅元峰：《曼衍卮谈——苏奇飞诗读札》，《扬子江评论》，2018年第4期。

第二节 晦暗之美：刘岳诗歌的质素

"刘岳的诗是刘岳处世的延伸、替补、结论，一种与本能般配的绝望象征。我相信他丝毫也不累人的诗篇，不是写于清闲，而是写于寂寞；不是写于欢快，而是写于忧愁。他轻取了它们。他让它们成为自己的造物。他像一只蝴蝶那样，自己按住自己，然后，让风刮过脊背。"① 这是杨森君为刘岳第一本诗集《世上》所写的序言中的一段，其中"他像一只蝴蝶那样，自己按住自己，然后，让风刮过脊背"，是一位优秀的前辈诗人对刘岳及其诗歌的深彻理解，也有"英雄相惜"之感。他们的诗歌中都有来自生命深处的宿命般的忧伤，不同的是，杨森君的诗歌并不深陷于在世的生存负累。刘岳诗歌存留着他对诗艺的研习与感悟，存留着灵魂深处关于存在的叩问，也存留着他在生存中挣扎的姿态。从刘岳的诗歌中，大致可以看到他的生活与写作的轮廓。在一个和平的环境中，在一个社会各方面机制走向科学、有序的过程中，大多数"80后"都具有共同的人生轨辙，从小学到大学、从读书到工作、从单身到家庭。虽然各自遇到各自人生中的挫折与困境，但刘岳似乎完全异于"80后"相对一致的生命历程，这与马泽平有着相近之处，只是刘岳的人生阅历似乎更加丰富，人生经历似乎更加复杂。首先，刘岳诗中有一种关于出身的疼痛。比如《家史》一诗，历数了这个家族从祖辈到孙辈的破落史，虽然带有诗性的

---

① 杨森君：《世上·序》，南方日报出版社，2007年，第1页。

"虚构"与"谐趣"，但内里却是无力改变的疼痛。其次，刘岳对人生在世的艰辛似乎体会得格外深彻，用尽《世上》也没有写尽，在《形体》中依旧有众多诗篇因在世疲累成诗。当然，也正是这些关照，使得他的诗歌含有"面气"，坚硬实况。最后，讷言内敛的个人性情，使他在逃避人群的同时，在诗歌中也流露了节制、凝练的语言取向。总体上，从诗歌内容到语言形式，刘岳诗歌中呈现出一种晦暗的质地，使其拥有了鲜明的个人风格。

"晦暗"是否是一种值得肯定的审美对象与风格？因着阳光的照耀，人类是有向往光明的共性的，我们将希望、将明天与光明相扭结进而歌唱它。但如果我们能够欣赏白色也能够欣赏黑色，能够审美也能够审丑，怎么不能欣赏"晦暗"之中蕴蓄的另一种美呢？尽管"晦暗"并不一定出于诗人的自觉追求，但因内容、个性等关系，一位诗人诗作可能因"晦暗"而自成风格。"晦暗"不同于"阴暗"，"阴暗"是人类的一种负面心理，"晦暗"是另一种质地的美。刘岳诗歌中的晦暗之美来自内容与形式两个层面。

在内容上，刘岳诗歌中形成的晦暗之美来自对在世苦难的书写，来自苍凉沉郁的西部抒情，来自幽暗深沉的诗思。

一、在世苦难的书写

西海固文学是惯写苦难的，尤其小说。西海固文学中的苦难不来自历史或性格，更多来自恶劣的自然生存条件。在这一地域性困境面前，西海固文学一方面书写了西海固人如何在恶劣的自然生存条件中生存繁衍，另一方面共同抟塑了西海固人在求生存的过程中体现出的隐忍且高贵的人类精神与品质。刘岳诗歌中的在世苦难有恶劣地域环境的诱因，但更多来自普遍的人类在世苦难。比如《西海固的水》：

> 一碗水从天堂运来
>
> 渴死了祖父
>
> 父亲随手递给我
>
> 我递给妹妹
>
> 妹妹呀，洗净你尘土的脸
>
> 出嫁！

西海固的干旱酷烈在张承志、石舒清、郭文斌、王怀凌、马金莲等众多作家诗人笔下都有过呈现，刘岳诗歌中的"水"是做了地域限定的，于是，这里的水是具体所指的，是唯一的。诗人以寓言性的诗体对祖祖辈辈西海固人缺水的生存予以书写。在诗中，水成了寓言性的水，成了象征性的水，也成了独特的地域符号。

在更多的时候，刘岳诗歌中的在世苦难是超越地域的，也是超越个体。在《一个诗人的愿望》中，他借一个虚构的"女儿"说出诗人在现实中遭遇的艰难处境：不希望女儿成为诗人，"我愿意在风雨中的地摊上碰到你"。诗人李南在给刘岳诗集《形体》的序言中说："刘岳只有通过吟唱来给现实生活带来一丝亮色，通过他对人和事物的观感，来认识生命过程中的种种痕迹：悲伤、记忆、漂泊、美好、妥协、消逝……他抒写着与他自身有着承源关系的土地、乡村、城市，见证着人世间的死亡、离别、疾病……"[①] 因着个人的处境，他对生于底层的、普遍的生存之难格外关注。乞者、漂泊者、零落者……频繁出现在他的诗歌之中，面对他们的无助，诗人有悲悯之心，却也无能为力："原谅我 / 我不是菩萨，我不济世，/ 若能，我真的想把中国农业银行都给你们"。但，诗者，人类的良心，也以语言之能对他们做了关怀。其中，接续着"大庇天下寒士俱欢颜"的情怀。也正是这情怀，让他的诗歌没有流于悲戚。

二、苍凉沉郁的西部抒情

西部对于身处其中的宁夏诗人而言，是十分切近的写作资源。这也是他们诗歌中普遍具有苍凉沉郁底色的原因之一。西部，在他们的诗歌中并非符号，并非纹饰，而是生命质地。在刘岳的诗歌中，伴随着在西部游移的脚步，诗人用苍凉、肃穆、沉郁、枯寂等构成了他诗歌的晦暗之美。

将西部与自我性情、命运对叠，就会得到独属于自己的西部，或者，西部会与自我互相成为影像。写到"腾格里"，"像一些沙埋进另一些沙里 / 我埋进日暮里"，我和日暮，是一些沙和另一些沙的关系，都是西沉的事物。"腾格里 你多像一位美丽

---

① 李南：《形体·序》，见刘岳《形体》，中国戏剧出版社，2009年，第2页。

的金发女人 / 没儿没女", 即使在以金发女人拟喻腾格里, 他也
没有让它止于美丽, 他的目光和心绪并不落于此, 他的重点落
在"没儿没女"上, 在世的缺憾与不完满宿命地成为任何美好
事物的暗影。比如《呼伦贝尔, 秋天已尽》一诗, 诗人在穹隆
之下并没有让诗情向着空旷辽远处漫溢, 而是描绘了它的"秋
天已尽": "盛大的草原一片暗枯的黄 / 草盛极而衰, 马群奔向失
血的太阳 / 苍茫的夜色唯酒妩媚 / 唯马头琴声穿肠 / 高蹈于火苗
之上"。"暗枯""衰""失血""苍茫""穿肠"等词语无一不着
晦暗之色调, 无一不饱蘸苍凉之情调。即使在呼伦贝尔大草原,
诗人没有写下策马驰骋的自己, 唯有苍凉沉郁的马头琴声奏出
浸入骨髓的苍凉沉郁。

在苍凉沉郁之气中, 刘岳的西部还渗透了英雄末路式的悲壮
之情。比如《镇北堡》一诗:

> 在镇北堡
>
> 残损的古老废墟下
>
> 我看见一个女子怅然肃立
>
> 朔风吹起她披肩的头发
>
> 如果是古代
>
> 她多像单于的女儿
>
> 为了她的国家
>
> 来到城下

刘岳并不仅仅让西部停留在自然风景的层面上，他借这个流传着众多传说的地域写到了家国情怀。但他却并不停留在家国之情上，他要到达的是悲壮。在刘岳那里，无论借助什么影像，想要传达的总是那些带着晦暗色调的情思。这并不意味着诗人看不到明亮和希望，它仅是诗人审美意趣的反映，唯有晦暗之美才深邃，唯有晦暗之美才值得书写。

三、幽暗深沉的诗思

在刘岳的诗歌中，色调、景致、旋律、节奏等，无一不是晦暗的，包括他的诗思，因为深邃，显出幽深的晦暗之色。比如，对于仅此一次的生命，在刘岳的诗歌中，被处理为一个来于黑暗、归于黑暗的晦暗历程。《大悲歌》："过了这一生，我必将重返大地的腹部，回到我的泥土时代 / 我要终止欲望和热爱，抹去穿过尘世冷清的足迹 / 比落叶还轻"。尽管是来于尘泥，归于尘泥，但似乎只有在刘岳的诗歌中，才将这一流程完全置于无光的状态。他会在众多的诗歌中，写到处于"暗"的状态。

一些事物

我在暗处。沉默
疲倦的样子
一些事物——

持久而隐蔽

我是死的
穿着朴素的衣裳

—— 一些事物

主体"我"的处境、状态被置于晦暗不明处，但这晦暗不明不似鲁迅的晦暗的来源，刘岳的晦暗来自他对生命的感受。与晦暗状态相携相伴的是"沉默"，一如人群中的刘岳。在诗歌中，他欲借助语言之力，将那些看不见，但肯定存在的"持久而隐蔽"的事物呈现出来。语言真有此能力吗？似乎在刘岳的这首诗歌中，并不是，诗歌不过是一个姿势，它要传达的东西孕育在这个姿势之中，它却没有宣之于口。刘岳借助破折号，将他想要宣示的部分孕育在这无辞的符号地带。刘岳诗思的晦暗，也来自他所要寄寓在那无辞地带的东西，他并未宣之于口，对于接受者而言，需要填补。它增加了阅读的难度，这些阅读的难度，带来的是诗歌的晦暗。虽然对于读者而言，刘岳的这类诗歌中也没有过于难懂的句子，没有生造的词语，没有新发明的语法，但就是不能抵达的原因，正在于他的诗是有难度的诗歌。他并没有做让读者以诗为娱的准备，他也不准备让读者能够在一次朗诵的欢宴上为他诗歌的明朗、高昂、光明而欢呼鼓掌。

从形式层面看，刘岳诗歌的晦暗之美正在于它的难度，在于它的暗示性、寓言性以及立体性等方面。

四、诗歌的难度

刘岳诗歌的难度，一方面如前文所言，其晦暗的诗思往往并不直接宣之于口，而仅仅是给出一个姿势。至于其中所蕴含的内容，需要读者的参与。另一方面，他诗歌的难度在于他常常运用高度的暗示性、寓言性语言来传达幽暗深沉的诗思。这类诗歌在刘岳的诗集中，往往是以短章的形式出现的，诗歌中高度凝练的语言和寓意来表达幽暗深沉的诗思。《世上》有大量寓言体的诗歌，比如与集子同题的单篇诗歌《世上》：

> 一只黑蚁
> 伏于幽暗的洞穴
> 向外窥视

人生在世，本如蝼蚁。短诗《世上》，以"黑蚁"与"洞穴"寓示人与场域的关系。在刘岳那里，芸芸众生皆可悲可怜。如一只黑蚁，所在的背景幽暗，如洞穴，无高贵与低贱的区分。刘岳也动用了"洞穴"的寓言，寓示人所处的场域。从写作者的角度而言，语言是其另一"洞穴"。诗歌没有完全处于黑暗的是，"向外窥视"。当然，对于处于"洞穴"者而言，"向外窥视"也是其宿命。从这一方向理解，"世上"宿命的晦暗。"向外窥视"也是人试图超越的表现，从这一方向理解，人在试图超越自己的局限的过程中获得了精神的确证。但无论从哪个方向理解，都含有作者对人之命运的悲悯。在刘岳的诗歌中，《另一种喻示》《文化的传承》《两个人》《暗示》《死亡标本》《枯木》等众多诗歌都具有寓示性、寓言性，使得这类诗歌在质地上具有晦暗的色调，同时，也具有了难度。

也正是寓示性、寓言性，使得刘岳的诗歌在叙事上是诗性的叙事，而并非散文的叙事。这是刘岳诗歌难能可贵的地方。

水窖遗史

儿子：老爸，这是你小时候藏宝的土洞吗？

父亲：这是水窖，就是天降大雨，顺着水渠流进去，等到泥杂沉底，水面清澈时，用系着粗绳的铁桶吊上一桶来，洗脸喝茶吃饭。

儿子：那牛粪也冲进去了咋办？

父亲：喝呗。

儿子：哈哈哈哈。

父亲：哈哈哈哈，哈哈哈哈。

我们等了很久。没有听到水的碰撞。

绳索依旧握在我们的手里。
我们用掏空的眼眶里来回跑动的一只黑蚂蚁
想象系住的铁桶在如何晃动。

在缺水的西海固，父子之间的这类对话可能俯拾皆是，它具有写实性。同时，当诗人将其嵌入《水窖遗史》的时候，在整体上，这段土进尘埃的对话具有了寓示的意味。从"我们等了很久"开始，诗歌完全向着寓言性走去。在世的劳作，在世的奔忙，都是一种打捞，很多时候，"绳索依旧握在我们手里"，放下去的水桶却连窖壁都碰不到，那是一个幽深的所在。这首诗与《世上》可以结合阅读，两首诗从不同视角打量了人的生存与存在。一致的地方在于晦暗，在于诗的难度。

五、诗歌的深度

这里的深度并不指意义上的深邃，意义上的深邃在前文从"幽深的诗思""诗的难度"两部分做过分析，这里的深度是指刘岳诗歌语言的蕴藉性，指其具有结构性的诗语深度。

无疑，和他的众多同辈一样，刘岳写诗的起步期深受海子影响。这个出生于农村、具有极高天赋并选择了卧轨的诗人，在刘岳这一辈写诗的人中间无疑具有全部"天才"的标配，在情感上，又因出身的相近使得这位天才显得与刘岳那么亲近。刘岳收于《世上》的诗歌中大量使用了海子使用过的诗歌意象："粮食""水""姐姐""妹妹""四姐妹""雨水"……甚至句式："和你一样……""……周游世界"，等等。但在后期诗歌的走向上，海子走向了他所谓的"大诗"，走向了"太阳"，而刘岳则走向了寓言，走向了"晦暗"。

刘岳诗歌语言的立体性深度在于其蕴藉性，而不是因表达维度的多层次性、多方面性带来的立体，后者可能带来意义上的立体，但不能带来语句本身的立体。也可以说，其诗句的立体性来自其寓示性、寓言性。比如《生活》一诗："是的，生活往往就是这样 / 我伸手触及的东西越来越少 / 我将现实放在浴盆里 / 用一些开水去兑一些冷水 / 然后洗净身子 / 去河边听经"。可以说，行于文字表层的，是每一个阅读者所能撷取的，但从深度上、技巧上，这类诗歌可能将读者群区别开来。"用一些开水去兑一些冷水"，用对人世抱有的热望，去抵御尘世的冷酷，然后，洗净肉身去听经，去洗心。除诗句，刘岳诗歌在整体上也具有这种深度。尽管这类书写在诗歌史上并不新鲜，但对于当代中国诗歌而言，却于"第三代诗人"诗歌语言革命之后诗歌语言的平面化、诗歌文本结构的线性化而言，不仅具有"史前文明"的意义，而且具有异质性。但也可能正由于此，在一个意义平面化的时代，这类诗歌遭遇冷遇。

此外，刘岳诗歌带来的新鲜性还在于其诗歌标题的命名方式。比如《裂缝》《仰俯》《陈述》……都是在寓言性的层面上被使用。

综上所述，刘岳的诗歌在内容与形式两方面共同呈现出晦暗之美的特征，也是刘岳诗歌在宁夏诗歌、在当代中国诗歌中的异质性所在，是刘岳之所以是刘岳的所在。

第五章　地理与风貌

　　中国现代新诗研究主要是以时间为线索的研究，但随着研究的深入、拓展，研究者们也逐渐认识到仅以时间之维观察现代新诗存在思维弊端；[①]"百年"这一时间阈限与新诗及其诗学上取得的成就构成的对应关系是虚妄的。[②]为此，研究者们重拾文学地理学，并进而从传统的文学地理学向后现代空间批评的学术转型。因为随着全球化、一体化趋势的加强，平面化的地理概念已不能命名新的变化。交通工具、通信手段的变革以及由此造成的"时空压缩"深刻地改变着人们的审美感受。传统的文学地理学认为地方（place）是灌注了人类经验、欲望与记忆的平面化场所（locale），其中，包含着个人化的意向，也承载着集体的文化认同，是"在场"（presence）的。空间是文化与社会关系的产物，是"缺场"（absence）的，体

---

① 张清华：《当代诗歌中的地方美学与地域意识形态——从文化地理视角的观察》，《文艺研究》，2010年第10期。

② 傅元峰：《新诗地理学——一种诗学启示》，《文艺争鸣》2017年第9期。

现为虚拟、抽象的物物关系。[①] 具体到作家、诗人的写作，无论如何想要超越地域性，以在群体中脱颖而出或者不被同质化，但总会或多或少、不同程度地被地域性所浸染，尤其在空间关系上，一个人无论如何也不能完全脱尽他空间关系的痕迹。宁夏从地图上看虽处于中国地图比较中心的地理位置，但由于地域自然环境的恶劣、政治经济文化发展的相对滞后性，它被纳入西部这一发展板块中。从地理风貌与景致及生存条件等角度看，宁夏无疑是具有西部气质与风骨的，宁夏诗人大部分曾得益于此。比如杨森君、王怀凌、冯雄、刘岳等。当然，每个人的人生遭际不同，有人几乎一生都在生于斯长于斯的土地上歌唱，比如王怀凌，他说可以天南海北地旅游，但总不能像别人那样到哪里就赋哪里；也有人因生存之需远走他乡，比如高鹏程，从大学毕业之后就去了与自己生长环境完全不同的南方；也有人不断地出走、游历，在游历中扩展视野，丰富诗歌的内涵，比如单永珍。但无论以什么样的形式，地理与空间都成为影响他们诗歌风貌的重要因素，甚至成为抟塑他们个人性情的重要因素。反过来看，他们诗歌中的地理与空间因素又记录着他们的行迹，彰显着他们的精神气质，传达着他们各自的性情。

第一节　"出走者"：高鹏程诗歌的地理、情思与语言意识

除却关于故乡地理风物的书写与"把一生的辛凉还给薄暮下

[①] 冯雷：《从地方到空间：新世纪诗歌的地理视角考察》，《文化研究》，2018 年第 1 期。

的清水河"的祈愿，单看高鹏程笔下常见的鱼、渔民、海岛、波浪等意象以及其诗歌更内在的诗体色彩、语言风貌和话语特征等，很难相信高鹏程是一位从祖国的大西北走出的诗人。少有飞扬、粗犷、凌厉，杨献平对其诗作品评的那种"绵柔与细碎"更符合人们对江南性情的印象。自"黄土高原"至"海岛之滨"，生活环境的变迁带给高鹏程诗歌境域巨大的变化，同时，也让诗人完成了精神上"异乡人"的身份认领。正如其在诗集《退潮》的序诗中所言："真正的艰难，在于如何辨认丢失的身份"，这艰难的辨认过程也是这位于异乡的洋面上漂泊的诗人尝试寻找和建构其诗歌语言家园的过程。

一、诗歌地理

作为一个离开故土生活的"出走者"，高鹏程的诗歌中首先蕴含了他个人的诗歌地理。作为"出走者"的同时，他获得了另一个身份："异乡人"。作为一个"异乡人"，"距离"给了他诗歌以写作资源。

（一）到海滨小镇去

除了一些没有写作时间标记的诗作，在收录"海洋"系列诗歌相对集中的诗集《风暴眼》和《退潮》中能够找到的最早时间线索是1997年，这一年的某一时刻，高鹏程写下了诗作《兰家湾的夜晚》。在这个时间标识之后，诗人谨慎地做了该诗于2005年9月修改的记录。遗憾的是，没有诗文内容的对照。但如果诗人对该诗的修改只是结构上的调整或者诗语上的凝练，或者幅度更细小，那么，我们完全有理由相信，1997年，这位时年23岁的诗人已经触及了他之后几乎全部诗歌精神版图的核心词语。在兰家湾一个"黑黢黢的山旮里"，诗人被"一盏油灯传出的微光"照亮，"西部冬天夜晚的严寒"被"黑夜的灯火"慰藉。此后至今，无论写故乡、写海滨、写博物馆、写县城，高鹏程的诗歌言说都在浚染那团"火光"与"寒冷"。

2006年，高鹏程这样写下生他养他的故土之上的生存：

> 在西海固，
> 一棵树长得过于艰难
> 一只蚂蚁也要经受比其他地方
> 更多的苦寒

在那片苦寒之地，一代代西海固人"沉默""隐忍"。当这位大学毕业后出门求职的青年带着对未来的憧憬乘一列火车南下；当这位生长于西部干旱腹地的年轻人带着对大海的幻想来到海滨小镇——石浦港，经过十年低处的生活再次仰望星群，那"年轻时仰望的事物""正混迹于水面的灯光"。此时，除却"逝去的年华，并不／丰富的经历"，他"依然一无所有"。诗人甚至自嘲，在石浦港这个古称酒吸港，形体也像极了一只酒瓶的海港，只适合醉生梦死。

然而，从诗人十年低处的生活浸泡的诗歌洋面上去打捞，正是石浦港这座海滨小镇上看似"寒凉"的生存葆存了一盏诗性的

"渔火"，他才歌唱至今并葆有继续吟咏下去的后劲。一路南下，来到世代"山民"①喻指梦想和未来的海滨，诗人看清了"大海"②不过是另一个严酷的场域。渔港马路留给他的不过"是一个残句"。在这里，他体察着人世浸入骨髓的"寒凉"：看海塘下小茅屋里的养蟹人，并用十年时间，等待他"从我的身体里走出"；迷恋"海边卑微的事物，这些生珍、淡菜、牡蛎、沙蛤"，"在沙滩和大海自身遗忘的时候"，"它们每一副脱离肉身的硬壳里，各自记录了 / 一副完整的大海"；对一个补鞋摊给予不同角度的观察与叙述，鞋匠"坚信每一次敲击，/ 都可能帮助一双疲惫不堪的鞋子 / 继续叩响不可知的旅途"，在对人生人世的体察中，诗人也像补鞋匠一样为卑微者找到了存在的意义；他也去海滨观察"父与子"代际相替中如何传递生存的符码；听异地来此谋生的黄包车夫如何将他的辛酸经历在腹内反复熬炼成为一个个"辛辣、呛人"的笑话，直到"坐车人笑出眼泪为止"；他甚至将笔触伸向一枝颓败腺上的"恶之花"，生存过早地榨取了她的青春，但她即使只剩下皮肉，也得"谋生"……"他耐心地收集着来自生活的撞击 / 那么多的暗伤。那么多 / 无处倾诉的悲苦 / 在他的内部 / 回旋、奔突，但它 / 不会腐烂，时间久了，它会变成固体的光 / 沉淀下来"。最终，高鹏程将这些生活的沉积物转化成为他的诗歌言说。

　　纵观高鹏程与海洋有关的诗歌并没有像田一坡在《新诗创作

---

　　① 此处指韩东诗歌《山民》中的"山民"。
　　② 此处指韩东诗歌《你见过大海》中的"大海"。

中的海洋意象与海洋元素》所分析的那样刻意去区分陆地经验与海洋经验，对于诗人而言，两个不同的场域之间并没有激烈的矛盾冲突，不是在拥抱此处之时必然舍弃彼地的关系。对于高鹏程而言，两个不同的场域都可以成为"诗意栖居"的"故乡"。虽然"在海边的生活／和海水交换体液，和一粒盐交换咸涩／和潮汐，交换呼吸／和遥远的海平面，交换道德底线"，虽然海洋意象带给其诗歌陌生化与异质性的体验，但低处的生活始终没有改变其低处的立场，"在我居住的海边小镇／浪涛终年拍打着疲倦的堤岸／人们在山岩的罅隙里默不作声地生活"依旧是他诗歌在书写海滨境域时所要抵达的一个道说归宿。正是这低处的厚重给了其诗歌充分的生活面气，而不致使其沦为纯粹"筑词为乡"的造句练习。因此，作为芸芸众生中的高鹏程也许可以抱怨十年低处生活的"寒凉"，但正是那"寒凉"中对一点"火光"的渴望成就了作为执有诗歌这种纯粹之说的诗人高鹏程。

（二）到灯塔去

诗人没有完全淹没于海滨的沙尘，他内心始终怀抱着一盏油灯、一盏渔火、一片星群。在2006年《致商略》一诗中，诗人表露心迹：他所寄居其中的海滨小镇"海水腥咸，人民劳苦"，"但长长的渔港马路，足以让人／走完剩下的流年"。十年异地低处的寒凉浸泡，使得这位漂泊异乡的游子极度渴望一星光亮。于是，在众多关于海边生活的诗歌中，他歌唱了灯塔。"说着说着，我们又说到了灯塔"，他一再说到灯塔：《再次说起灯塔》《当我们谈起灯塔我们在谈论什么》《灯塔博物馆》，即使不以灯塔命名，这一物象与意象也频频出现在高鹏程的诗歌中。

"有时候，我同样 / 只需要一小块安静的黑 / 然后是，一粒小小的渔火 / 慢慢打开的光"，对于高鹏程而言，灯塔是温暖，是光明，是航向。但显然，面对灯塔，高鹏程思考得更多。在大佛头山，他看见了废弃已久的一座灯塔，随着气象学、电子信息的进步，大佛头山顶的灯塔早已生锈，它只"作为一道风景存在"，而这样一座灯塔用它的废弃提醒他"守住身体内部的光芒"。它可以不再用来指示物理的航向，但"相对于世事 / 和人心的变动"，诗人在海岛之心体悟到一座灯塔蕴蓄着"恒久和稳定的意味"。在灯塔博物馆，他疑虑："需要积聚多少光芒，才不至迷失于 / 自身的雾霾"，"需要吞吃多少暗夜里的黑，才会成为遥远海面上 / 一个人眼中 / 一星光亮？"也是这清醒的疑问，让他认识到一个人在向往一座能够带来光明、温暖与慰藉的灯塔之时，也可以将自身修炼成为一座积聚着光芒、恒久而稳定的灯塔。当然，他理智而节制，并没有像尼采、海子在无限趋近光源，继而在成为它的过程中燃烧成灰。2006年，这位出生于1974年的诗人已过而立之年，在停顿了将近十年再次提笔书写时，也许是性情，也许是经历，也许是年岁让他的诗歌携带了浓重的克制与理性色彩。

当然，"灯塔"这一语词在对异乡洋面上浮萍般生存的高鹏程发生生存和存在的精神指引这一意义之时，也带给诗人高鹏程以诗语的启示和发现这一重要意义。

在内陆，更具体一些，在西海固，诗人的出生地——那片常年苦寒、干旱的"不适宜于人类居住"的西部边地，灯塔这一事物几乎不会出现在现实生活中，当人们提到"灯塔"时，并不是指它的实用意义，它早已因地域环境因素而褪尽原色，几乎只剩下了象征意义和引申意义，但海边多年的生活为诗人唤醒了这个语词。当人们热衷于这个词语的隐喻意义时，人们"似乎并未提及，那盏真正的灯塔／那盏深夜的海上，渔民所担心的／灯塔"。当"我的老丈人，一个出海很久的渔民"劳作一天回家时，"一边恶狠狠地咒骂：该死的风浪"，一边感激还有灯塔引航时，生活的细节为诗人擦亮了"灯塔"这一语词。这对诗人来说是一个重大发现：探寻语词的原生意义，从而携带出寄生其中但今天已几乎失传的神秘符码。虽然这一发现听上去并不像新大陆的发现那样令人亢奋，但这种发现的过程却往往更为艰难与漫长。正如"麦子"的发现之于海子、之于中国诗歌一样。

在中国的文化传统中，海洋元素相对匮乏，即使使用，也大多如田一坡所言：是非境域化的书写，使用者也往往着意于其抽象意义、表现其想象意涵。而高鹏程在生活的土壤中发现了"灯塔"作为灯塔本身的意义。在诗歌作为创造语言的道说这一意义上，诗语也在发现语词，淘洗它们的原形并激活其原生意义是途径之一。正如卡西尔在《语言与神话》中所言：词语经历着往返不已的灵魂轮回。也是从诗语道说这一意义上，我们还可以回头去看高鹏程"博物馆"系列诗歌的秘密：一座茶叶博物馆馆藏的原不过是"煎熬"这一语词；熨斗博物馆馆藏着"熨帖"这一语词；秤砣博物馆馆藏的也不过是"权衡"这一语词……而这些幽暗的显现都始于诗人对"灯塔"的发现。秉持这一经验，这位克制而理性的诗人面对他的诗写对象时往往能够层层剥析，几乎是压榨式地缕析出蕴含在客观物象上的全部意义信息，直到吐出事物原生的果核。也因此，高鹏程就是诗歌写作中的"晒盐人"：

> 纳潮。制卤。测卤。结晶。归坨。
> 终于多余的水分消失了，
> 晒盐人交出了皮肤里的黑
> 而大海
> 析出了它白色的骨头。

（三）到汉语诗歌的土壤中去

分行并非成诗的唯一因素，甚至都构不成首要的因素。诗歌在行与行之间可以有叙述上的粘连，但诗歌的行与行之间必有含意层次上的跳跃与变化，不然，只能是分行的散文。好的诗歌语言并不给出十分确定的所指，更多的时候诗意发生在"无词的地带"。尤其在思考的层面上，它最好不带来确定的答案。但当诗人摩挲诗歌言说的方式，歌唱"火光"与"寒冷"给人精神的慰藉之时，他为当代诗歌带来了什么，这才是一位可以嵌入诗歌历史的诗人的意义所在。

在这个层面上，我认为高鹏程的贡献在于他的诗歌在开掘海洋境域的同时，在生活、文字、文化传统、诗歌传统等方面对汉语性的继承、发掘与建构。

回到生活中去，回到事物本身去，发现汉语语词本身独一无二的意项群。比如"灯塔""煎熬""熨帖""权衡"……同时，诗人也善于向汉字本身去要诗歌。汉字具有具象、可观的象形根性，其音形义的结合具有天然的审美表现力。高鹏程完全自觉于此，在灵感的闪现与"窑火一样的炙烤和煅烧"中，诗人捕捉和追索着汉语诗歌优雅、蕴藉与空灵的美学特性。同时，这种审美特质又恰切地表达出"事物本身的密语"，呈现出汉语本身的超强表现功能。例如《覆盖在屋顶的渔网》，除了对事物在生活中特性的摄取，诗人也捕获"网"这一汉字本身在造字之时的含义以及这一汉字在长久的文化生活中已经积聚的更丰富饱满的文化意义，从而激发出诗写对象所蕴含的多层含义。"它曾经在波峰浪谷间穿行。为鱼群和汉字 / 布下罗网"，"终于，一段漏洞百出的生活 / 结束了"。从生活中提取这一事物的特性，记录下它并不寻常却又平常的一生，在沉船、暗礁、鱼群、珊瑚间网罗，也偷生。"现在，它搭在了草房的 / 屋顶上，与那些曾经在深海里 / 缠斗了半生的水草，达成了最后的和解"。它像一个年迈的英雄，一生功绩，最终摊晒、萎弃在屋顶，与纠缠半生的水草混淆。第一，它"日渐松弛的纤维里，漏掉的是风，是雨……"而这张网在此打捞的有与它接触最亲密的鱼群；第二，有自然界的风、雨；第三，对诗写者而言，也有来自生存的风雨，有来自生命自身的风暴雷雨；第四，这张网要打捞的还有散布在文字海洋中的特定的汉字，它们等待诗人去捕获，从而浮出海面，发挥它镶嵌在诗行中的召唤力。而这些都基于"网"这一事物本身的属性，基于汉字符号"网"所呈现出的文化密码。正如前文曾提及，高鹏程正是从卑微本真的生活中发现语言文字所携带的文化秘密，他无须转码，他只需擦亮它们。"现在 / 它在空中张望。捕获那些 / 被光线过滤过的东西：/ 星辰。梦呓。最后一段波澜不惊的日子"。诗人在虚与实的对立统一中赋予一张网多重意义，搜寻它在生活中、在汉字原初的含意与诗意。

他也将诗写的兴趣拓展到更宽广的时空与场域中去，到托付汉字的更深广的文化传统中去开掘。"博物馆"系列诗歌是这方面的代表作，当然，除此之外，诗人在所到的古代遗迹处总能阐发蕴蓄于其中的无尽意兴，只要顺着他诗集的目录细数下去，便会发现这方面的诗歌俯拾皆是：《晚香岭寻访王右军祠不遇》《丁酉秋访张煌言兵营遗址》《下王渡遗志：井》《三星堆遗址》《莫干山访剑池》《萧关古道：錾刻在城墙上的铜版画》……

当然，纵观高鹏程诗歌，其诗歌的汉语诗性光芒更深植于古老的东方哲思基础与"逝者如斯"的东方抒情结构中。早在其《途径》一诗中，诗人就已写下了这一切的归宿：尘终归于尘。

"最热烈的要最缓慢地言说"，慢，是高鹏程诗歌深谙的雕刻术，甚至可以慢于时间，与其说是在道说，不如说诗人在凝神谛听：时间的呼啸与其裂帛之声。读高鹏程的诗歌，有种煮茶品茗般的"煎熬"，缓慢的节奏、滞重的风格。从进入诗歌的精神状态看，高鹏程更像一位精雕师，手持一把语言的刻刀，"一刀、一刀、一刀……直到它 / 变得光滑，看不见一丝 / 雕凿的痕迹"，以虔诚执着如修行者的姿态雕凿、书写。慢，是他深谙的精雕师的技艺，"更慢的，是雕刻它们的刻刀，是刀尖上 / 安静的光线 / 因为缓慢而变得柔软，因为缓慢而逐渐黏稠、滞重"。因为精雕，因为慢，高鹏程诗歌带给人异样的沉寂与宁静，静到似乎可以听见时光在空气中剥落的声响。在昏黑的灯火之下，"已是深夜。一些中断的说话声还在继续 / 灯还在烧 / 灰尘，还在持续掉落 / 这没什么。不久之后，说过的话都会消失 / 黑暗会收走所有的记忆 /

连同我们陈旧的自身"。

二、情思向度

恰如杨献平的品评："高鹏程的诗歌有一种出自灵魂的绵柔与细碎，当然还有铁和水，生活的真切和精神上的痛感。"小辑《记忆之眼》是诗人在南方生活和旅行的札记，虽在诗歌的外层包裹着对传统意义上江南文化地理的消解与置疑，但内里却依旧是他诗歌不变的关怀：在思与诗之间对存在的探问，关于未来的命运，关于此在的身份，关于现实的生存。在这辑智性与诗性结合得比较完美的诗歌中，作为诗人高鹏程的个性与高鹏程诗歌的诗性均得到呈示，神秘的命运、昏黄的光影、永恒的时间……当然，诗人并未因尽归于尘的宿命而悲观，最美的风景在途中，最美的守护也在途中，诗人仍积极用有限的此在去领受诗性、诗美的无限疆域。沿着《记忆之眼》的脉络，似乎可以触摸到诗歌诞生过程中诗人"内心经历过的类似 / 窑火一样的炙烤和煅烧"(《青瓷小镇》)。

（一）关于将在的命运

从进入诗歌的精神状态看，高鹏程更像一位精雕师，手持一把语言的刻刀，"一刀、一刀、一刀……直到它 / 变得光滑，看不见一丝 / 雕凿的痕迹"(《徽州印象之雕花木窗》)，以虔诚执着如修行者的姿态雕凿、书写。慢，是他深谙的精雕师的技艺，"更慢的，是雕刻它们的刻刀，是刀尖上 / 安静的光线 / 因为缓慢而变得柔软，因为缓慢而逐渐黏稠、滞重"(《精雕博物馆》)。因为精雕，因为慢，高鹏程诗歌带给人异样的沉寂与宁静，静到似乎可以听见时光在空气中剥落的声响。在昏黑的灯火之下，"已是深夜。一些中断的说话声还在继续 / 灯还在烧 / 灰尘，还在持续掉落 / 这没什么。不久之后，说过的话都会消失 / 黑暗会收走所有的记忆 / 连同我们陈旧的自身"(《虚拟之诗：夜谈》)。一切终将成尘，连同"我们自身"，这几乎成为高鹏程诗歌的结语，也是属他的那首"独一之诗"的内核。海德格尔在论及特拉克尔诗歌时认为："每个伟大的诗人都只出于一首独一之诗来作诗。衡量其伟大的标准在于：诗人在何种程度上被托付给这种独一性，从而能够把他的诗意道说纯粹地保持于其中"。① 在长久探索之后与瑞典诗人特朗斯特罗姆《蝴蝶博物馆》的相遇是高鹏程诗歌里程的一个新高地。高鹏程曾这样品评《蝴蝶博物馆》："天地之间，乃至宇宙之间，本身就是一座巨大的博物馆。它最初，也是最终的展品只有尘埃，无论是浩瀚星系还是一介微尘。那是世界最初的形态和最后的秘密。"在该诗启发下，高鹏程诗歌不仅葆有创作之初的感性与灵性，更多了几分智性。另一方面，在该诗的触动下，高鹏程更加明确了长久以来属于自己的那首"独一之诗"。尽管诗人的"独一之诗"始终是未被道出的，无论是他的任何一首具体的诗作，还是所有具体诗作的总和。但每位诗人总会拥有那样的源泉，或流溢，或回溯。从诗歌的底蕴看，《记忆之眼》

---

① [德]海德格尔：《在通向语言的途中》，商务印书馆出版，1997年第1
版，第30页。

依旧是对生命终归于尘的哀叹和努力超脱。

（二）关于此在的身份

除却关于故乡地理风物的书写与"把一生的辛凉还给薄暮下的清水河"的祈愿，单看他笔下常见的鱼、渔民、海岛、波浪等意象以及其诗歌更内在的诗体色彩、语言风貌和话语特征等，很难相信高鹏程是一位从祖国的大西北走出的诗人。少有飞扬、粗犷、凌厉，杨献平所说的那种"绵柔与细碎"更符合人们对江南性情的印象。但从写作的姿态到诗人在存在层面上对自己身份的认领看，他始终保持着一位"异乡人"的审慎与孤高。从与书写对象的关系看，诗人更忠实于一位茶客、一位旅人的身份。在光与影交错的昏暗一隅，品"只有逐渐冷下来的茶汤"般的生活，直到那"名叫泡茶等花开的茶馆""浣衣送客"（《虚拟之诗：吃茶记》），或者像一位漂泊得太久的旅人，伫立于黑暗中听曲，直到身体历经时光的泉水浸泡"沥去过多的风尘而有了月光的质地"（《弓弦上的二泉》）。事实上，早在《途经》一诗中高鹏程便以散文化的诗语述及生命成尘的宿命和"异乡人"的身份存在感。生命不过是一段旅程，不辞辛劳地途径，"匆匆经过别人／和自己的生活"，途经最终的也是最初的故乡。从"以梦为马"离开干涸、贫瘠的西海固沿着命运的轨迹一路南下，高鹏程便以十分审慎的态度去观察和领受他途径的每一寸疼痛与辛凉。他始终沉潜在一种浓得化不开的自我心绪中，与消费时代的时尚和公众目光保持距离，孤清地抱守着自己"异乡人"的身份，审慎地保持着旁观者的姿态。当然，"异乡人"在他那里不止文化地理意义上的身份，更是存在和此在意义上的身份。因此，这组南方行旅与生活的札记中虽因地域文化历史特性而充溢着诸多文化经验，但在对其消解与置疑的过程中，这些诗歌最终还是落脚到对自我与世界关系的拷问中。无论是徐渭、李渔、汤显祖，抑或是拉二胡的琴师、持熨斗的老裁缝，甚或是现实中的师友……无论是大港头、南明山、青瓷小镇、乌衣巷，抑或是各式各样的博物馆，甚或是一滴雨水，一堆乱石……都只是主体自我这个"异乡人"旅程中途径的风景，是时光展台上的展品，而同行的永远只有"我"和"我"，对饮、闲谈、扯心……最终，这一切都将消失或归尘。万物不过是一个过客，一个旅人，一个"异乡人"，旅途中的苍凉与繁华，都是表象，唯有主体自我的感知才是"真"，只是这"真"要由那些转瞬即逝的表象构成与映现，没有了那些虚拟，主体自我的感受之"真"便不复存在。"异乡人"的身份在高鹏程诗歌中更深刻的所在是主体对自我的怀疑，"这个世界上，谁在按自己的意图生活/谁不是把一张面具活成了自己而把自己/活成了另一个陌生人？（《从临川到忘川》)"。因而，高鹏程这些南方行迹的诗句也是历史与现实之间游走的札记，在光与影交错的时光里的行迹，是虚与实之间的"眩惑"与"醒觉"。

（三）关于现实生存

值得肯定的是，《记忆之眼》并没有完全坠入虚无，或流连于对传统文化根须的品咂，或迷失于言辞织体的构建中。在进入和把握住语言的瞬间，真切的生存感受与生命体验使得主体得以"幸存"。①同时，在洞悉存在本相后，沉重的生存让他获得了更加虔敬的人生态度。正如他诗中引用的那句："人间的低伤害了我，并非山野风物"。"十年尘梦"过后，他只是将对辛凉生存的叹息压得更低了一些。"十年了，我们都已年逾不惑／但我们的惑真的解了吗／至少，我依旧困于人，累于事／羁绊于稻粱之间"，"这些年，我只不过是／在一块陆地的最低处生活／也习惯把视线／移向更低处——"（《暮登南明山记兼致商略》）。带着这样的人间伤痛，途径的一切都几乎染上了风霜。在徐渭"那浓得化不开的墨块里看到郁结在一个人／胸中的乌云／从那些或徐疾、或疏密、或枯润的藤蔓里／看到你愁肠里的死结，看到命运的束缚、纠缠／纷扰以及挣扎"（《青藤书屋》）；在琴师的弓弦上倾听那"包裹着一颗被人世辛凉反复噬咬过的心"（《弓弦上的二泉》）；在熨斗博物馆里洞穿"老裁缝皱纹里的心酸／一百多年来，衣缝里夹杂的尘埃／和屈辱"（《熨斗博物馆》）……这一切让高鹏程的诗歌淤积着一股隐忍悲怆之气，使其诗歌有了缓慢与柔软、黏稠与滞重的质地，也使其诗歌在道说存在的玄思之时具有了深植生活的厚重与饱满。

　　傅元峰将现代汉诗的发展划分为四个诗语时代，并按照诗语特质提出了单质诗语与复合诗语的命名方式。单质诗语的诗歌中所有意象与意境的形成居于一个平面，诗中的抒情者有明确的主题，抒情具有平面特征。"复合诗语则体现出抒情主体的哲学、宗教的自觉"，"这类诗歌，多没有明确的观念倾向，自我的边界意

---

① 唐晓渡：《什么是"幸存者"》，《唐晓渡诗学论集》，中国社会科学出版社 2001 年版，第 133 页。

识隐晦，对人生属于历史区分的那一部分存在区域兴趣不大"。①诗语的复合品质，与诗人的哲学和诗学素养有密切的关系。在他看来，新世纪诗歌与20世纪80年代"朦胧诗"及其后继相较，其超越性正来自复合诗语对单质诗语的超越。作为新世纪之后涌现出的青年诗人，高鹏程诗歌在岁月的淘洗和诗学观念的成熟中不断精进和丰厚，在绵密与滞重的书写中，《记忆之眼》将历史与现实，命运与抗争，此在与将在，自我与他人，智性与诗美等熔于一炉，从而使诗歌获得了相对丰厚的意味与更大的容量。当然《记忆之眼》也有不足之处，比如诗歌存在自我重复、描述冗繁等负面因素，其明确的主题和抒情的平面特征更接近单质诗语。布罗茨基说："诗歌似乎是唯一能够击败语言的武器——利用语言自己的手段。"而诗歌击败语言的秘诀往往在于其跳跃过程中的"无语"地带以及诗语流转之间那些"混沌"的表达状态中。《记忆之眼》中的诗歌大部分都十分精确地表达出某种情绪并有一个相对明确的结尾。在诗歌结尾给出的答案中，留给读者的空间十分有限。当然，高鹏程在主动地求变，主动地寻找诗歌的难度，其诗歌也充满了很多值得期待的可能性。相信诗人在不断提升的过程中会创造更多具有多元和多维诗美的佳作。

三、语言意识

如前文所言，20世纪中国的社会动荡与"人"的主体自我的

---

① 傅元峰：《寻找当代汉诗的矿脉》，北岳文艺出版社，2014年版，第42页。

无处安放在话语层面呈现为语言的不断变革和新的追求。"从某种意义上说，现代中国人的漂泊状态和危机感正是在现代汉语的不稳定状态中生成的"。[①] 但从另一方面看，这种不稳定状态也是诗歌语言觉醒的确证。当代诗歌在20世纪后半叶经历了从集体化写作到个人化写作的嬗变，同时，当代诗歌也在诗学本体的纵深中不断探索与提升。在当代诗歌语言觉醒的过程中，诗人、理论家在世纪末即认识到当代汉诗"汉语诗性"重建的重要意义。郑敏在探问民族母语、文学写作和文化继承与发展的相互关系中回顾了20世纪百年汉语诗歌新变过程中的得失，从民族语言发展变化的规律性角度指出"若想抛弃汉语的根本象征、指事、会意等以视、形为基础的本质，将其强改为以听、声为基础的西方拼音文字，无疑是一次对母语的弑母行为。"[②] 进入新世纪，虽然当代汉语诗歌创作并未出现人们期待的嘉年华现象，但新世纪诗歌在重建诗歌理想和诗歌秩序规范过程中注入了新质，在诗语从20世纪末的"单质型"向"复合型"转型过程中，当代诗歌的汉语诗性得到重塑。在新世纪崛起的诗歌群体中，高鹏程诗歌对汉语诗性的挖掘与呈现不仅有语言意识的意义，同时也具有个性特征的意义。从诗歌本体而言，高鹏程诗歌对当下诗歌最大的贡献与启示在于其意象的塑造与他对汉语诗歌诗性的探索与实践。

① 张向东：《20世纪中国诗歌语言观念的演变》，《甘肃教育学院学报（社会科学版）》，2004年第2期，第37页。
② 郑敏：《世纪末的回顾：汉语语言变革与中国新诗创作》，《文学评论》，1993年第3期，第17页。

（一）"博物馆"意象群的发现与呈现

意象蕴含着民族独特的文化心理内涵，体现着民族独特的审美与哲思方式。意象的发现与成功塑造往往成就诗人在文学史中的经典形象，成功的意象甚至会在文学史经典化的过程中脱离诗人诗作成为独立的自足体进而成为民族的文化符号。顾城的"黑眼睛"、海子的"麦子"等因其高度的凝练与丰厚的蕴含而成为当代文学史上重要的诗歌意象。纵观高鹏程的诗歌创作，"石浦港""县城""博物馆"系列诗歌无不透露出诗人对主体"处境"的质疑与拷问，也是高鹏程诗歌给当代汉语诗歌在意象上的独特贡献。例如县城这一意象，不仅是诗人生存和观察生活以及思考存在的第一现场，同时也蕴含着当代中国特有的社会风貌，记录着当代中国的社会变迁，表达出特定群体在社会变迁过程中的心理轨迹。而博物馆系列则在更高的时空意识关照中探询着人、人类的过客身份。

自"黄土高原"至"海岛之滨"，生活环境的变迁带给诗人观照世界方式的巨大变化。同时，也让诗人完成了精神上"异乡人"的身份认领。正是"异乡人"的身份让他从"逝者如斯"这一抒情结构的迷局中参透、开脱，进而发现博物馆的哲思内涵。相对时间而言，没有什么不是它的过客，一切终将成尘。"我们生来就走在通往它的道路上"（《清明博物馆》），人生天地间，与万物同为它的展品。诗人识破了博物馆的魔幻术：时间即为空间，空间即为时间。丝绸、刀剑、瓷器……所有这些展品都带着时间的釉质，时间，是博物馆这一空间展台上唯一的展品。过去、现在、未来，在博物馆这一特定空间中成为"共时性"的存在物。

博物馆是时间戎马倥偬的场所，"时间呼啸、静谧"，"只有薄薄的时光／沿着青铜器磨亮的边沿滑动／只有瓷器开片细微的声响，回应着时间内部／幽远的叹息"（《在国家博物馆参观中国历史文化展》）。"与其说是砖石、朽木、泥土／不如说是时间／构成了它的建筑材料"（《废墟博物馆》）。当然，"共时性"的空间存在并非取消了时间的本质。时间即空间，万物不过是时间的具体呈现。时间的瞬间在博物馆中一一呈现，万物的演化过程在博物馆中凝固、物化。一个王朝的兴衰；一个女子的荣枯；一场台风的起灭；一星泡沫的涨消……时间的容颜也在这些展品中斑驳陆离地映现。诗人无意追问，时间的博物馆以幽冥之声道说历史的原址与原质，即时间的流逝，而博物馆以空间的形式核聚着时间，博物馆即时间的有形呈现与空间状态。在《尘埃博物馆》中，高鹏程为他的"博物馆"系列写下最后的诗章："我想，这是文明最初也将是最后的形态。"此后，诗人不断建构着他诗歌的"博物馆"，道说出"高于内心和时间"的展台。从物象到意象，从有形到无形，在思想、语言与诗性的探索中完成了"博物馆"从诗歌表述对象到诗歌本体的塑造过程。

（二）汉语诗性的挖掘与释放

早在2009年给安德鲁·怀斯的献诗中，高鹏程便写下了自己诗歌的精神底本，同自己一样，这位"依靠乡愁取暖"的人怀着孤寂"沉溺于／事物自身的秘语（密语。编者注）"，他们隔着物理时空"在夜晚倾听海边破损的螺壳里收留的声音"，分别以画与诗让"那些未曾说出的话语和光"，"沉淀下来……"（《遗世录——献给安德鲁·怀斯》)于是，高鹏程在"倾听"与"沉溺"中用博物馆这一意象群落应合了诗对诗人的召唤，在诗语道说的过程中，使汉语诗性得到充分的挖掘与释放。

首先，其诗歌汉语诗性建构体现在对语言审美特性与表达功能的"钻研"上。汉字具有具象、可观的象形根性，其音形义的结合具有天然的审美表现力。高鹏程完全自觉于此，在灵感的闪现与"窑火一样的炙烤和煅烧"中，诗人捕捉和追索着汉语诗歌优雅、蕴藉与空灵的美学特性。同时，这种审美特质又恰切地表达出"事物本身的密语"，呈现出汉语本身的超强表现功能。例如，在《茶叶博物馆》中，诗人"发现"并"呈现"出"煎熬"一词。这一汉语词语在这里至少体现了三个层面的功能和意义。描绘事物本身的属性、表现主体内心情境、呈现语言的审美价值。此外，在漫长的语言流变过程中，语词的原始意义可能会逐渐湮没而只留下其比喻意义或抽象意义。正如前文所言，作为一种语言陌生化的方式，高鹏程诗歌中会着意挖掘语词的原形并激活其原始意义。《茶叶博物馆》中的"煎熬"、《熨斗博物馆》中的"熨帖"、《秤砣博物馆》中的"权衡"，诗人追溯这些语词文化源头的内涵，让沉睡已久的原始意义得到再生。"好文字的质地，仿佛／青瓷釉色上的那一抹清凉"(《青瓷博物馆》)，诗人在直觉与运思的过程中采撷着文字叶芽上晶莹的露珠，使其在映现事物本质与表现诗人情思之时也呈现出民族特有的精神气质。诗人也善于在历代诗人递相沿袭带有文化积淀的基础上叠用、累加，从而加强语词的蕴藉力。例如《废墟博物馆》中"在秋风中痛饮夕阳的人"，将"秋风""愁""酒""夕阳"这些本已具有丰厚文化内涵的意象叠用，从而蕴蓄出更加强大的语言表现张力。除语词上对汉语诗性的挖掘与释放之外，其诗歌语言构造、语气节奏等要素都具有汉语诗性的创造机能。当然，更需要强调的是，高鹏程诗歌并未因字斟句酌而失去篇章的整体诗意。

其次，在长久探索之后与瑞典诗人特朗斯特罗姆《路上的秘密》的际遇是高鹏程诗歌里程的一个新高地。在该诗启发下，高鹏程诗歌不仅葆有创作之初的感性与灵性，更多了几分智性。不再仅仅基于瞬间的灵感的闪现，更多地为诗歌注入了智性因素而具有了哲思品质。万物都在"密语"，诗人要做的是倾听它们，并参悟它们。一切对象物都是"我"的映现，在思与诗之间对存在探问：关于将在的命运，关于此在的身份，关于现实的生存。面对茶叶博物馆诗人以"煎熬"一词了悟"世界大抵如此：熄灭的炉火。凉掉的茶"（《茶叶博物馆》）的本相；面对刀剑博物馆，诗人以"收敛锋芒"省悟"它们都曾是光的主人。而现在 / 它们都是黑暗的囚徒"（《刀剑博物馆》）的历史辩证法；面对尘埃博物馆，诗人参悟出宇宙万物的本质，"正是这些灰尘构成了时间以及 / 真正作用于这个世界的神秘力量"（《尘埃博物馆》）；面对泡沫博物馆这个"精微的宇宙"，诗人道出"水，最终消失在了水中"的无痕无迹与归宿；面对清明博物馆，诗人有疑问有不惑，"毋须讳言，我们都将死去。死，永远都是 / 无可奈何的事情 / 无需故作旷达"，但一座清明博物馆，"它真正的目的，只是为了提醒活着的人 / 更加珍惜"（《清明博物馆》）……总体上，博物馆系列的思考主要基于"这是否说明，我们此刻……活在未来目光的展览里"（《居家博物馆：木居年代》）的追问和对"我们有限的

人生 / 不会比一片碎瓷更光亮 / 也不会比一粒稻种更有价值"，"我们庞大的城市，最终只占它展橱内 / 很小的一角"（《余姚博物馆》）的慨叹。

百年过去，人们还在讨论中国现代新诗的文体、特质、评价标准等问题。但不管怎样，我们所书写的新诗依旧是汉语诗歌，呈现汉语特性与魅力是汉语诗歌在语言上要承担的重任。笔者认为，高鹏程的诗歌在对汉语诗性的呈现上对古体诗与现代新诗作出了弥合，相对而言，他的诗歌是在汉语诗歌传统基础上的良性生长。比如《寒山寺》："一千年之后。我在另一个霜天里赶到 / 乌啼消失。客船远去。/ 一盏失眠的渔火 / 已经被替换为满城闪烁的汽车尾灯"，但唐诗的光明落照在这首《寒山寺》上："在一个交通堵塞的年代，我们 / 依旧需要在体内，空出一小片旷野。一座寺庙和一口钟。/ 以便让迷途的灵魂，找到回返的道路。"他也善于让诗中风物蘸取古诗的光泽："十一月了，它们都熬到了属于自己的季节 / 伸出长长的芒穗 / 在初冬的阳光里发出《诗经》的光芒"。

博物馆系列诗歌将散落的古老文化符号以语词之线连缀并锦绣成诗，从物到词，从古至今，从中到西，从有形到无形，从庞大的帝国到精微的泡沫……在对万物做诗语征用的过程中，诗歌主体在诗的、历史的、文化的以及阔大的自然界中驰骋，收放自如。但诗歌并未朝着单一的诗歌气质在阔大与超脱的线性方向无限延宕。与之相反，诗歌在原本可以纵横捭阖的场域中却蕴蓄出滞重与缓慢的风格与气质。在阔大的诗境与滞重的风格形成的矛盾统一中，诗歌获得了它在整体上的艺术张力。同时，其诗歌并没有完全坠入虚无或流连于对传统文化根须的品咂或迷失于言辞织体的构建中。在进入和把握住语言的瞬间，真切的生存感受与生命体验使得主体得以"幸存"。

第二节　"游历者"：单永珍诗歌中的西部

贺绍俊在《新世纪宁夏作家群体创作印象》一文中分析了宁夏作家创作的文化地理背景，在他看来："中国的现代化是在全球化的背景下强行启动的，从内部来看条件尚不充分，但后发的特点又使我们能很快地效仿现代化最先进的范式，因此中国构成了多重社会形态和文化形态，前现代、现代和后现代共存于一体。中国的前现代社会形态和文化形态还很强大，大量的农村以及许多不发达地区的城市，都应该说还处在前现代。"[①] 从政治、经济与文化发展的形态特征看，宁夏的确是一个前现代、现代、后现代文化共时性存在的地域，并且，这一特征不是历史的，而是现实的。这样的文化背景对文学创作的影响来说，本没有正负面之说。它所构成的文化多元化给文学创作带来了生活基础的多彩性，创作资源的丰富性。以小说创作而言，在史诗的大部头创作中，只有大的历史跨度才能完成的文化景观呈现，可能在这样的文化背景中会是共时的，比如一家三代，很可能在处理事情的过程中就呈现出不同文化观念。其中，最突出的矛盾冲突可能是人情社

[①] 贺绍俊：《新世纪宁夏作家群体创作印象》，《朔方》，2013 年第 9 期，第 92 页。

会与消费社会的价值观念的冲突。可以说，如果谁能将这种文化的多元化共时性存在通过文学性的手段呈现出来，就很有可能创作出重要的作品。但贺绍俊在以小说创作为例讨论宁夏作家在新世纪创作中所呈现出的面貌时，指出同质化是令人遗憾的倾向，而且对生存条件的苦难书写没有得到深化与拓展。

在宁夏诗人诗作中，语体的选择、风格的倾向反映出诗人群体在价值观念上的多元性。但很少有人能够在个人创作中将宁夏的文化多元化质地呈现出来。当然，文体不同，让具体诗作来反映社会结构无异于"命令蝴蝶吃掉牛排"，但从整体面貌反映出多元的文化背景并非不可能，尽管那可能并非诗歌的任务。另一方面，对于有限的个人生命而言，一旦形成一定的价值观念，就很难改变。对于宁夏"60后"的大部分诗人而言，进入新世纪以来，他们的世界观、人生观、价值观都基本已稳定，尤其在语言习惯上，相对固定的词汇库，相对固定的句式，相对固定的思维模式……让他们转型、改变，无异于换血。但单永珍诗歌的确是发生了巨大转变。作为"60后"宁夏诗人的重要代表之一，单永珍早期的诗歌所呈现的主要是西部气象与风骨。他的诗歌在力与美中更多呈现前者。不羁的性情使其诗歌关注更加宏阔的地理空间与更加深广的历史空间。在词语的选取上多充盈着雄浑奔放的诗情。在生存空间越来越罅隙的当下，西部那神秘的天空已遥不可及，其粗犷的语言因缺乏对事物更精微的关照而在情感方式上与当下社会形成一定隔阂。历史语境的急遽更替对于每一位写作者都是巨大的考验，在写作者短暂的个体生命中，能够形成自己独特的语言体系已属不易，更何况适应甚至走在时代语境的前沿。单永珍在不断突破自己，2019年《朔方》上发表的组诗《零件》中明显留下了诗人浴火重生的努力。单永珍诗歌中的西部也不再仅仅是一种遥远的地域文化色彩的追捕与想象，其诗歌中多了现实关照，从而让"词"与"物"得到了更确切的对应。

但即使如此，单永珍诗歌中的西部依旧有它独特的意义——它形成了一个游历者的精神图谱。卢桢在《21世纪诗歌的想象视野》一文中提出了"旅行视野"这一概念，认为公共视野、城乡视野与旅行视野三者构成了21世纪诗歌的想象视野。旅行视野："即诗人往往通过旅行体验打破固有连续的时间和空间感，在方位意识的不断建立与破解中激发新的诗学想象力"。[①]尽管卢桢主要讨论的是写作者各种游历异国的经验，但他所提"旅行视野"能够涵盖的并不止有异国游历的经验。单永珍诗歌中的西部游历抟塑了一个在地方、空间特性中生成的抒情主体。在游历中，诗人可以远离日常生活中的琐屑之事，或者说，是游历，让诗人远离世俗的琐屑。更为重要的是，"当人面临陌生的环境时，自我也会成为自我的陌生人。每一事物都充满秘密，每一个时刻都变成了一种启迪"，"在诗人建构自我与世界联系的过程中，除了对神秘符号的想象性解读，旅行成为一种更加直观的方式"。[②]单永珍诗歌中，遍布着神秘西域的游历，在游历中，单永珍借嘉峪关、巴丹湖、青海湖、塔尔寺、凉州、玛曲等一系列西北之地。在单永珍那里，西北是一个到处遗落着唐砖

---

① 卢桢：《21世纪诗歌的想象视野》，《诗刊》（上半月刊），2016年第4期，第66页。

② 耿占春：《失去象征的世界——诗歌、经验与修辞》，北京大学出版社，2008年版，第190，191页。

宋瓦的地方，是一个遍地生长着灿烂诗篇的地方。单永珍在创作谈中说："在西北，你在不经意间就会听到信天游、花儿、史诗、秦腔、十二木卡姆，还有马头琴传来的蒙古长调。这些来自民间的营养，使我的诗歌血质发生着变化。"[①]的确，在单永珍的诗歌中，西北不光是画面上的、影像上的异域，不光是自然地理上的西北，更是人文地理上的西北。也正是他对那些文化、社会关系的书写，西北不只是平面地理上的概念，更是一个包含了社会关系等"缺场"的空间概念。因此，作为游历者，单永珍在诗歌中首先是一个自然地理意义上的游历者，其次，作为抒情的主体，他又是人文地理意义上的游历者，特定空间中的游历者。

诗歌从远古图腾到现实日常生活、从熟知的朋友到陌生人、从传说到壁画……书写了一个被庙堂文化、民间文化、世俗文化等交织的空间，它们共同构成了单永珍的西部，也塑造了游历者单永珍。他风行的脚步，携带者飞沙走石，给读者带来一个神秘、多彩又芜杂的西北。

与此相对，在单永珍那里，最终呈现这一切的是诗歌语言的丰富、驳杂与滔滔不绝。从篇章看，单永珍的诗歌中有大诗、小诗、谣曲、花儿；从句子看，他的诗歌中俯拾皆是古往今来文人墨客的经典语句，或引用、或化用，也有俗语、谚语；在字词的选用上，他不避俗字俗语，也有意识采用方言。但在整体上，单永珍诗歌的语言又保持着书面语。当然，如果这些不能用得恰到好处，都可能只起到纹饰的作用，而不能抵达本质。在语言上，

---

① 单永珍：《词语的奔跑》，宁夏人民出版社，2007 年版，第 220 页。

单永珍像一个魔法师，他语言的褡裢里能够掏出任何神奇的、令人意想不到的诗语。

但有些突出的特点，也正是单永珍诗歌的弱点，一篇之中，事物、语言过于芜杂，造成诗歌篇章不够圆融自然的雕凿与臃肿之感，反倒是他那些精短的小诗、谣曲、花儿更耐读。比如《明月是身体里逃出的孤独》：

> 月光下，我唯能收获的
> 是一地踉跄的脚步
> 和破碎
>
> 如果望一次星空
> 那一轮明月
> 竟是我身体里逃出的孤独

是安静的诗，是意大于言的诗，圆融、天然，又包含了存在之思。再如《玛曲：黄河向西》，虽然依旧是西部游历中诞生的诗歌，但是该诗在诗歌语言上却相对更加洗练爽利，在内容上削减了驳杂，诗歌更具主题凝聚力。该诗在气象上依旧承载着诗歌的西部这一宏大命题，将诗意的光辉与西部气质安放在"人"这一存在主体上，同时，在宏大场景的勾勒中注入了细微又深邃的"人"的情感，使其诗歌有了抵达读者的桥梁。《玛曲：黄河向西》诗语决绝洗练，诗境雄浑壮烈，诗情悲悯苍凉，诗思深邃旷远。

当然，对于任何一位诗人，无论多少，无论深浅，总得面对此在的生存与生活。由于个人经历不同，关注点不同，思考维度不同，此在在每个人那里会有不同的形态。在单永珍那里，它是坚硬的、苍凉的，他以一个生活的失败者自居："作为生活的失败者／我已领受命运的摆布"。他也写下中年之境："该是言喜不言悲，眉霜慈祥的时候了／不回忆往昔，不奢望未来／只俯首苍茫人间，打算柴米油盐"。但他终于还是不能做到心如止水，他还是要苦苦地思索与追问："到底是哪里？才配得上这咸得有点苦涩的泪水"。

单永珍是宁夏诗人中在语言上较早的觉醒者，他的诗歌在语言上无论是失败之诗还是圆熟之诗，总能因其创造性给人带来启发。他也是一个能够将语言与写作本身作为写作资源的诗人。正是因为这样的醒觉，使得单永珍的诗歌写作能够因语言本身而持存。游历开阔他个人视界的同时，也开阔了他语言的疆域。

第六章　性别与姿态

　　如果以2019年《六盘山》杂志第6期中的"宁夏诗歌小辑"为标本进行观察，就可以看出宁夏女性诗人创作的局限性。就宁夏女诗人的写作而言，从整体上讲，还远远没有形成一个可供研究的文学现象，甚至，其中大多数写作者还称不上是一个诗人。但作为一个地域的写作构成，她们的书写是可观的事实，其中个别诗人也具有一定的区内外影响。但在此，笔者之所以要将她们的写作作为专章论述，一是出于女性性别的体认；二是她们的创作在具备女性写作的普遍性的同时，也带有独特的地域性与一定的个性；三是她们进入写作和坚持写作的姿态本身具有可研究性。

　　从代际结构看，宁夏女诗人在当下的创作中主要为"60后""70后""80后""90后"。其中，"60后"女诗人的创作相对而言具有较为明显的代际特征和群体特征。"70后"诗人在数量上相对占比重较大，"80后""90后"诗人数量锐减。从群体性到美学风貌，"70后""80后""90后"女诗人可一并概述。

　　"60后"女诗人善于浪漫的抒情，她们抒情的位置主要在陶冶性情的自然景观与循环往复的时令之中。

比如陈晓燕《霞光笼在池塘上》《秋色》《月光荡漾》《玉蝉花》；李壮萍的《种植》《面对香山》《冬日》《远郊的向日葵》《夏夜》《秋天》；羽萱的《立夏》《稻草人》《这个冬天》《春三月》《梨花白》，等等。单是题目，就遍披农耕文明时代的诗意辉光。在对自然景观精致的描绘上，她们追求圆融、和谐的诗境。牧歌般的抒情和吟唱与舒缓、循环的自然节奏、生命节奏相协，营造出柔和静谧的氛围。即使在疑惑、追问与探索时，她们也依赖自然、时序。她们的诗歌中，自然与"我"合一，心路历程与时令相伴，她们仿佛生长在自然时序之中的一株植物，安静，又无限深情。

她们中的异数是唐晴。

在其他"60后"女诗人沉浸于人与自然合一的古典抒情氛围之中时，她书写了"我"与城市的隔膜感与主体的迷失感。同时，唐晴诗歌中相对潜藏着大气、雄浑的诗心，也是为数不多的"60后"女诗人中熏染了些许西部气质的女诗人。也对"60后"女诗人诗歌疆域的开拓是十分有效的弥补。

"70后"以来的女诗人在古典与外来诗歌传统中双向吸纳滋养；或抟造意象的喻体语言或"口语化"的诗歌经验，她们都有继承；在内容上关照女性身心，也关照当下日常。因此，她们的创作在言说内容与语言形式上显得更为丰富，也更为驳杂。也充分显示了宁夏文学展开的大文化背景：将前现代、现代与后现代文化演进这一历时过程共时化。当然，她们中的大多数已不再满足于自然的、生命的固有节律，不再囿于牧歌般的抒情传统，也不再追求句式上的整饬，在诗歌外在的诗语建筑上寻找更为自由的形式。在"60后"女诗人那里相对单调的那个抒情主体"我"

在"70后"以来的女诗人那里成为旁观者、叙述者、异己者⋯⋯
她们的诗中普遍传达出破毁的力,开始书写主体与场域的对立。
与"60后"女诗人相比较,"70后"以来的女诗人建设诗歌的基
础不单单是感性经验,她们的诗歌基石中也有超验的因子,有一
定的诗歌理论的浇筑,因而在整体上提供了相对更为丰厚的作品。
诗人周所同曾对固原市原州区诗人诗作以代际为顺序做过印象式
评论,其中,对女性写作者做了如下品评:

林一木的诗之前约略读过,读的忽略不计,没读过一样;再
读,有意识去读,生出新鲜,是有来意也有去向的诗。黑暗掩埋
一切,也呈现一切是真理;拥有无数梦幻好比拥有无数水浪,不
断冲刷之后还在,是人类生存法则;相遇有平常与不平常之分,
而所有相遇最终归于空无,是玄学?禅意?诗人没说,其实都说
了;没有愿望,人还能活下去吗?厌倦、寻找、放弃,人们沿着
这怪圈奔跑则是宿命;最单纯的是人,最复杂的也是人,只有真
正经行内心的人才知道;这是一位值得关注和期待的诗人,她有
极好禀赋,有为诗的修养和准备,已闪现出独特的光芒。

紫艺(杨春晖)的诗多在绵密的叙述和自语中推进、完成;
诗中暗含悲悯和哀愁,其中的苦也颇感人;她说,"夕阳如幼虎,
雨滴像童年",这些厉害的句子令人过目不忘。

李向菊的诗,像没有叶子变成一片叶子,一片叶子变成两片
叶子,写诗尚能觅得好句,应有闪光的潜质,余下的功课还有很
多,一直做下去,就有衍生的可能。

许艺写着"没有人不遗憾,也没有人不怀念"的诗。她可以
点燃自己的长发,却不曾恨过任何一个人,人世的行李苦而重,

真正放下谈何容易？

马晓雁独自放射出自己的光芒，是金属的也是尘土的光芒，耀眼、强烈，不容置疑；这些从生命擦痕和裂纹中散射出来的光芒，像雪落在火焰上，异样的燃烧，一定带着异样的疼痛，谁能感觉到，谁就读懂她的诗了。

孙燕喜欢乡村生活，有爱与善的觉悟，她写下了《五月书》，一只蝴蝶，一个怀念的人，都找到了恰当而美好的位置。

朱喜利与李璇在各自的诗里下雨。前者的雨像疯子，像下雨人恶作剧的心情；后者的雨有点悲伤，也有点稚趣；天上的雨和心里的雨各下各的，找到其中微妙的联系，不写诗也是诗人了；朱喜利有哀民生之艰的悲悯，李璇则专注自我灵魂拷问，向内向外皆是诗歌方向。

赵小霞一首《活》，是越活越长，越长越丰富的诗；是生命礼赞，世事洞见，也是对爱着的一生充沛的诠释；"因为爱是艰难的"，她借里尔克名言，说出自己的感受，请大家关注这位年轻人，相信她是一位可以给人惊喜的诗人，前提是她要始终坚持。

赵彤也是一位有禀赋的诗人。天马行空去想、去梦，试图从悲剧里寻求喜剧效果；喜剧是波浪，悲剧是海，这位小诗人似乎在实践什么？她诗中的才情背后，已隐约可见其脚印。"[1] 这些品评是建立在对女性写作者的诗人身份基础上的品评，而非作为女性写作者的品评，弥足珍贵。

---

[1] 周所同：《从〈诗经〉到〈清平乐〉再到原州诗群》，《朔方》，2020年第10期。

如果找一个参照观察，比如在整体上与宁夏男性诗人诗作相比，女诗人诗歌就与他们之间不仅有差异，更有差距。以《六盘山》杂志2019年第6期宁夏诗歌专号为例，女性诗歌写作者因为性别因素而独居本期杂志以代际为依据所做的栏目设计的一角，这种因自然性别属性带来的归类是需要女诗人警惕的，因为它在另一面显示出她们并没有因为创作实绩而进入整体宁夏诗人代际群体之中。

这个排列足够引起女诗人们的反思！

首先，我们要问自己，让诗歌获得恒久光芒的到底是什么？意义必不可少，作为语言的艺术，诗歌必须从诗语上觉醒。如果不能够在语言上召唤，单凭诗歌的内容层无法赋予诗歌恒久的魅力。如果那堆按照分行的方式堆积起来的语句在运送来意义之后即刻倒毙，它可能只能是工具性的语言，模仿了诗语外在的搭建方式而已。作为创造语言的文体，诗语的建构具有决定性的意义。

反观宁夏女诗人的诗作，在语言上大都存在这样那样的问题，仍以《六盘山》2019年第6期中发表的部分而言，大都还处在需要打磨的状态。一首成熟的诗作必须达到增一字嫌多减一字嫌少的地步，而不是自由到诗人都不能确定自己的诗句是怎么表述的。就这期杂志中的诗作而言，一部分女诗人诗作中存在一些完全没有必要的瑕疵。

一是无谓的换行。比如查文瑾的《与远古人类的一次对视》，全诗长达三十余行，但有效的换行少之又少。这首诗的换行既没有依赖语气停顿的需要，也没有依靠诗意转换的需要。在行与行之间更没有留下可供诗意游走的缝隙。这类书写并不能提供唯有诗歌这种文体才能提供的审美经验。不信，可以随意截取一部分读一读："……吼吼喊喊 / 喊喊吼吼 / 为了拍到 / 贺兰山远古人类生活祭祀的 / 完整场景 / 我特意走近几步 / 正在我举起手机 / 忘情地拍摄时 / 突然……"正如诗行所示，它还存在着语言不凝练的顽疾，这种症状在宁夏女诗人诗作中还是比较普遍。

与诗语不凝练相伴生的是诗写得太满，不留白，不给诗留气口。比如常越的《秋雪》一诗，随意截取其中一节："零星的雪花变成了蒙蒙细雨 / 一声声蛙鸣好像来自山下，送来水的词语 / 比如滋润万物，生命之源，大善若水"。笔者认为第三行是需要省略的，是需要留白的地方，语言行走到"送来水的词语"这里时必须止步，诗中之诗发生在无辞的地带。但第三行用熟语的堆叠填塞了这个观景的窗口，而且词语的罗列将诗歌拉入造句的危险境地。

其次，我们要问，我们所依凭的女性经验在诗歌中到底是否可靠？大部分女诗人的诗歌内容都是对女性经验的本能书写。但女性经验可以是出发点，也可以是技巧，但是，诗歌的最佳出口可能并不在那里。可以从女性经验进入，但最好从超女性经验的地方走出，从而给诗歌带来更为开阔的言外之境。瓦楞草的《心里有个魔》是一个例证。如果结尾处，诗人能够送诗歌出离女性经验，诗歌可能会有另一番境界。说到底，诗歌还是有境界上的高下之分的。

再次，要有较为鲜明的个人风格。风格意味着写作者有自己的语言系统，有自己对现实世界独到的观察角度与认识，那是诗歌之所以是某个具体个人的诗歌的重要属性。当然，风格也会固化诗人。

但对宁夏女诗人而言，普遍缺乏鲜明的个人风格，如果删除作者，仅仅把诗歌作品放置在一起，就会失去判断。我们就会问：李向菊和郭玛的诗有什么区别？郭玛和常越的诗有什么区别？常越和锁桂英的诗有什么区别？锁桂英与凡姝有什么却别？

最后，语言缺乏创造性。习于惯常的语言，习于惯常的句法，习于惯常的搭配，习于惯常的节奏……最终也写出习见的作品。比如李向菊的《人间书》，标题本就十分常见，这个常见的标题已然"剧透"了内容。进入诗歌之后："……如今，我独自行走在/空空荡荡的人间/一半的时间用来悔恨，一半的时间/用来追忆……"暂且不说诗歌其他部分，仅就这里提取的诗行，既没有提供超常的经验，也没有提供深彻的智识，在语言上又是被嚼到无味的泡泡糖，于诗歌是无谓的。如果非要说意义，就是壮大了语句的队伍。但诗歌的力与美从来不来自语句的阵容。

这类瑕疵如果列举下去，还会有很多，但这里，主要想要说明的是，一首诗在从习作走向作品的途中，必须不断打磨。在遣词造句之外，从诗作整体上看，大部分女诗人的诗作都没有提供新鲜感。除了在语言上使用习语、熟语，诗歌的陈旧还来自认知和观念等。比如林一木的《交还》一诗，书写女儿对父权的"僭越"，这是世界女权主义的发展历程中早已实践过的剧本，在她这里，她把它搬上诗歌的舞台去复述，在内容层上唤不起新鲜感。好在，写作者是通过个人历程提供的这个经验，在叙述过程中也动用了"军队""舞台剧""故事"等意象来构造，弥补了内容带来的陈旧感。一首诗的内容安稳到其发展高潮与结局尽人皆知，带不来任何意外，它的写也变得没有太大意义。

根本上，要解决以上问题，还在于阅读。以上问题普遍的病根在于没有足够的阅读根基。笔者所说的阅读是广泛的阅读，并不局限于诗歌的领域，是面向绘画、音乐、影视、历史、政治等领域的敞开。只有广泛而深入的阅读，才能够提供给我们更坚实的诗歌根基。

当然，评论者分析诗歌，都有自己的一套，而且这一个和那一个可能持完全相反的观点。这一个会说写什么比怎么写更重要，那一个会说怎么写比写什么更重要。而且评论者总显得贪婪，刚夸了你的洁白，立马会希望你能够供给别的色泽。所以，对于评论者的评论，创作者抱着为我所用的态度即可。不管是古典诗词还是现代新诗，能够让汉语诗歌传统内的读者有背诵的欲念，有去了又返返了又去的迷恋，这就是好诗的评判依据。宁夏的女性诗人往往更在意自己在生活中、在家庭伦理中的位置，她们更愿意别人忽略自己写作者的身份。如果不是在特定的场合，她们的着装打扮会让人立马想到"新媳妇"一类的身份，而不是一个写作者。但如果阅读嵌有她们姓名的诗歌，就会让人惊叹。的确，对于女性写作而言，在一地鸡毛的家庭生活中要保持一份诗心本就十分可贵，即便她们一生没有写出一首伟大的诗歌，她们本身就是一首诗。诗人李汉荣曾在《诗是女性的》一文中提出："女性天生都是诗人，上天派女性来到大地，就是让她们写诗。其实她们是上天写好了的诗，她们只需把自己呈现出来，也就把诗呈现出来了……她们身上保留着比较多的自然性、本源性和诗性。

男人是在写诗，女人是在呈现诗。"①

第一节　杨春晖诗歌中的心灵低语
与女性观照

穿越岁月的风尘与生活的云烟，告别了早期创作中《月亮鞋子》少女式的单纯明隽，杨春晖的诗歌在历经生活的重负与情感的创伤之后走向丰盈饱满与圆润纯熟。其诗歌始终倾心于表达自我情感的怨慕泣诉与灵魂的挣扎起伏，并以优雅的诗风与真诚的态度将微妙复杂的个体经验书写为一种共时性与普适性的女性生存和情感体验。

伤痛、孤独与凄冷是构建杨春晖完全属我完全忠实于自我的诗歌世界的主要质素，也是其诗歌主题的主要取向。

永恒的伤痛："我一个人穿过空空的河谷／怀揣不朽的哀伤／等待大雪落下来"（《我不想再说起过去》）。

伤痛是杨春晖诗歌中频繁出现的词语，那些爱情失落的隐痛、那些被伤害的疼痛、那些失却亲人的哀痛、那些来自生命本体深处的阵痛散落在诗歌的每一个角落。但诗人并没有将诗歌变成泄愤与宣恨的场所。面对种种伤痛，诗人选择了缄口不言，"让我停在我的伤里／我属于那些宿命的痛"（《成灰的蝴蝶》）。伤痛被视作宿命，她不挣扎不摆脱，安静地等待时间的大雪将伤痛的记

---

① 李汉荣：《诗是女性的》，见谢冕、杨匡汉、吴思敬主编的《诗探索》1997 年第 1 辑总辑，中国社会科学出版社 1997 年版，第 106 页。

忆覆盖。

宿命的孤独："冷清的余生、孤独的预言兑现"(《一个人的冬天》)

孤独是人类共有的情感境遇。杨春晖诗歌中的孤独不是巨大的时代碾压所带来的宏阔式孤独，亦非追问"我是谁"时的玄思式的孤独，而是无处倾诉的心灵孤独："我站在镜子前擦去脸上的汗水、雨滴／我与自己同行"(《下雨心情》)。因为被伤害的余悸，因为无法倾诉的距离，人们在杨春晖的诗歌世界里总被叙述为"他们"，这一词语将自我与他人隔绝起来、对立起来，传达出无法弥合的与人的疏离感。

绵亘的凄冷："活过了半生／我没见过一个明媚的春天"(《我把春天坐成了一座沙丘》)

轻舟载浓愁，已不是争渡时候。隔着岁月的鸿沟，杨春晖诗歌中不见了早期那个孤寂的春日拂过的暖暖的愁，代之以"活过了半生／我没见过一个明媚的春天"(《我把春天坐成了一座沙丘》)的嗟叹。雨、雪、冰、冬天、眼泪、蝴蝶，这些冰冷凄凉的意象传达出诗人在现实中感受的切肤悲凉。在这个凄冷的容身之所里"连太阳也染上了冷月的霜"(《奔腾的秦长城》)。

伤痛、孤独与凄冷一方面构筑着诗歌世界，另一方面构筑出女性存在的空间，一个恒久的、无可奈何、无处可去时的去处。在这个伤痛、孤独与凄冷构成的诗歌世界里，行走着一个静默如树、轻比蝴蝶的抒情主人公形象。"我渺小而沉默／想把自己藏得深深，像那束自卑的小黄花／躲避路人的眼睛，在目光伤害不到的地方／自由自在，舞蹈，飞翔"(《奔腾的秦长城》)。这里的"我"

不是那个站在历史、现实与心灵的镜子面前理性反观自我的"我"，而是一个具有安静、隐忍个性的个体在做最大限度的低吟，饱含着诗人的自艾自怜、自叹与自慰。

　　杨春晖不是一个自觉的女性主义者，但作为"这一个"的个体经验中却蕴含着女性共有的共时性的情感体验。在《十四日夜》一诗中，动作与情感的承受者从"我"替换为"她"。"多么荒芜的夜／没有风声、没有雨雪／没有父母、也没有儿女／她从巷子外面端来了中药／路上没有月光／没有她要惊动的人／打开门，没有谁等她回来"。这个替换不是一次随心所欲的替换，不是一个简单的人称代词的选择，而是诗人将"我"从形象中抽离出来去冷静地观照"她"，从一个外在的角度去体认与观察历史中的、文化中的、现实社会中的与情感立场中的女性茕茕孑立形影相吊的存在。人世的所有幸福都不属于"她"，"她"所拥有的仅仅是贫病交加、孤独、伤痛与凄冷。这个柔弱、安静的女性拎着她的弱与强大的外在做着哀声四起的抗衡。

　　弗吉尼亚·伍尔夫在谈论女性写作时认为女性写作面临着更多的困难，其中之一便是对现存的男性句式的转换，"直到她写出一种能够以自然的形式容纳她的思想而不至于压碎或歪曲它的句子"。[①] 摒弃宏大语词、绕开地域羁绊、远离流派纷争，在不断的练习与体验中，杨春晖找到了表达自己的方式和自己的表达方式。没有凌厉的怨恨，没有飞扬的情绪，没有横行的姿态，在承

---

①[英]弗吉尼亚·伍尔夫：《论小说与小说家》，瞿世镜译，上海译文出版社，2009 年，第 55 页。

受巨大的伤痛、孤独与凄冷之时发出一声声嗟叹。诗人将这声声嗟叹直接入诗，让这忧伤的符号为诗歌增加厚重的质感传达生命的重音。

"哈，会有那一天 / 我希望河流立起来 / 那样谁都不会遇见我流泪"

"哦，多像纯白的眼泪"

"眼睛潮湿 / 唉，怀着隐衷"

"唉，这叫作故乡的地方 / 这叫作亲人的人"

重重嗟叹带来的不是淋漓的快感而是阴柔的美感与真切结实的疼痛感。一个个语气词的入诗，让她将这些女性人生在世的沉重体验拖入诗歌，并给予其诗性经验的肯定。

杨春晖甚至不是一个自觉的诗人，不为成为一个诗人而写诗。其诗歌有着普拉斯式的自白，更像茨维塔耶娃所宣示的"我的诗行是日记，我的诗是我个人的诗"。诗歌写作是她与自己的对话。因此，诗歌中的那些悲叹来得自然、真切，也因此她的诗歌不是用单纯的聪明智慧在写，先行于其诗歌语言的是真挚深沉的情感与生命体验。读者从其诗歌中获得的是一种强烈的情感共鸣，而不仅是一次修辞造句的启示。杨春晖赞同娜夜那种安静的写作"只写诗不说话 / 不说话 / 很有道理"。但如果要在女性诗人中寻找一个与其实行品质较为同质的，我会觉得，日本女性诗人金子美铃那些非童话的、以女性经验为主的诗歌有与她相似之处。金子美铃在《积雪》一诗中用清简的语言低吟出了在世的不能承受之重："上面的雪 / 冷不冷啊 / 冰冷的月光照着你。// 下面的雪 / 感到重吗 / 千百人踩着你。// 中间的雪 / 寂寞吗 / 看不见天也看不见地。"杨春晖诗歌在语言上的清简与情感上的伤痛有与之有相近之处。为了不卷入"西风即将压倒东风"(《别让我碰见诗人》)的流派纷争，杨春晖往往选择发表散文。这也许是于当下这个炒作时代中对于诗歌写作的另一种忠实与敬畏。

作为一种生活方式，诗歌与生命同在，作为一种精神追求，诗歌与信仰同在。伤痛的宣示远不是终点，杨春晖的诗歌在不断探索上升的过程中逐渐拓展着更宽广的视域，探讨着更深刻的思想意义。例如《比蝴蝶还轻》《最后一课》等篇章中渗透着对生命的短暂和对人生不可预料的思考；《中国国情》等篇章中显现着对社会的关注与介入；《中午的小吃城》《片刻》等篇章中折射出对凡俗人生的悲悯；《我把春天坐成一座沙丘》中流露出诗人对于环境恶化的忧虑。但在更多的时候，杨春晖诗歌有着大部分女性诗人诗作中共有的一点：以叹息结尾。尽管它有时候是一种有效结尾的方式，但总会让诗歌失去力量，给人留下悲悲切切的印象。当然，这也是因为她们忠实地以诗歌道说了自己——对世界的无力。

在杨春晖的身上，我们还可以看到一部分女性诗歌写作者比较常见的归宿——放弃写作。女性写作者放弃写作的原因是多方面的，比如家庭琐事的缠绕、比如家人的不理解不支持、比如才情的困乏与枯竭，甚至有些写作者会因为周围人的评价而放弃，他们不理解一个女性写作者，尤其不理解一个女性诗歌写作者。杨春晖说，生活中，如果提起她写诗这件事，大家就会觉得她是诗歌怪人。从个人生活选择的角度讲，世间有千万条道路值得去选择，写作只是其中一种。但站在写作者的立场上，还是期望每一个写作者能够坚持，并能够从写作中提升、收获和给予。如果杨春晖能够坚持，以她的悟性、感受力应当会取得更大的成绩。

第二节　替林一木诗歌做减法

在宁夏诗人中，林一木是可以自成一家的女性诗人。她的诗歌写作起步早，在大学期间林一木就显示出了诗歌写作的才华。林一木诗歌写作的起点在宁夏诗人中相对是高起点的，在写作的早期，林一木就在《人民文学》《诗刊》等重要刊物上发表诗作。但对于林一木而言，一个十分紧迫的问题是面对时代变化，如何调整个人诗歌语言。这也不只是林一木个人甚至也不是女性诗人要面对的难题，而是具有普遍性的难题。从另一方面看，对于写作者而言，随波逐流也并非理想之路。但面对一个瞬息万变的时代，对它的言说，一定不可能是一成不变的。从这个意义上讲，林一木的突围与选择也是具有一定普遍意义的尝试。

林一木几乎完成了在现实世界的峭壁上搭建自己诗歌世界的工程。梦境、宇宙、奥林匹斯山的神祇、艺术大师、大师们笔下的艺术形象，以及交织着哀悼、献歌、书信、对话、奏鸣曲等形式的诗写，使得林一木的诗歌形成了一个复杂而又完备的自我精神世界。但，问题就在于这个完备到几乎没有缺口的世界甚至不需要此世的阳光雨露。另一方面，林一木言语滔滔的诗歌流曳出所有写诗之人都可能艳羡的炽热才情，她甚至旁若无人也不加节制地在诗歌中宣泄。

其实，在为她在某微信平台的诗歌专栏写推荐语的时候，笔者就大刀阔斧地修剪过了：也许2008年以前书写《不至于孤独》的时候，林一木不会容忍2019年的自己写下《蝴蝶》、写下《契约》、写下《消失的风》，等等。但10年后的春天，林一木一首接一首这样书写了，因为慈悲心。诗歌不再是一场需要速战速决的战斗，摒除了所有写诗的禁忌，与世界和解，与自己和解，与语言和解，写作成为纯粹的疗救。愈合后的诗人再写下蝴蝶时，只需要如下几句……于是，一首N多行的诗歌，只余下四行。再如这首长达20行的诗作《献给大师的奏鸣曲》，原诗如下：

献给大师的奏鸣曲

我看到过往时光陈旧的气息

如高搁的经典围拢你

弹奏命运交响曲还是月光奏鸣曲都不重要

重要的是要弹奏自己的心曲

没有一部经典说过一致认为的就是好的

那让头脑变得油滑的正是失去

它一直向前却从不问车上是鲜花还是旧时光

看着它满载熟悉的措辞消失在尽头

我看到说出真理的大师又笑着重新回来

他们拿着的正是自己有趣的篇章

经典活在它们的时代如同你熟睡在深夜

> 而经典从不光临乌合之众的梦境
> 灯下我欣赏一枚金币的纯良
> 它以拥有自己而比肩时光
> 我见多了被生活说服的人
>
> 故而激动于一次意外的相逢
> 它回环往复奏一段云水禅心如水出芙蓉
> 令久驻普罗之音的人一见倾心
> 如同布谷常年在我窗外诉说昼夜的心声
> 今夜我愿谱一曲献给梦中青鸟的降临

　　扎实的阅读与厚实的学养供给林一木一气呵成一首20行长诗的能力，献给大师的奏鸣曲舒缓而悠扬，又恰到好处地在暗沉的底色上缀以跳跃的音符，有激烈的碰撞，有清新的芬芳。也可以试着裁剪、删除，留下最耀眼的那几行。

> 灯下，欣赏一枚金币的纯良
> 它以拥有自己而比肩时光
>
> 我见多了被生活说服的人
> 故而激动于一次意外的相逢

　　其余部分都是沙砾。要它们做铺垫？过渡？烘托？不，不，不。它们只起一个作用：埋没。也可能还有一个副作用：累赘。

抛弃了这些累赘与沙砾，凸显的是思想的锋刃与语言的精粹。更重要的是，抛弃了那些冗繁的抒情与诉说，使诗歌从陈腐的文艺复兴及矫情的浪漫主义抒情做派中解救了出来，获得了现代性的新生。

当然，任何一次剔除都是疼痛的。在砍斫已经长成的这些枝丫时，这首诗在脱胎换骨的过程中也丧失了它"奏鸣曲"的品质。还以奏鸣曲命名显然不合适，因此，还必须给这首诗更名。赋予什么样的题目才好呢？相比较原诗而言，余下的部分赢得的是"绝响"的品质。因此，至少应给予一个与绝响相配的名字。从原诗的内容看，诗歌奔向了与"大师"的精神契合，但"相逢""遇见"之类的题目图说之嫌过重。从余下的诗歌语词看，"灯下"一词是一个极佳的选项。从原诗的题目看，"献给大师的奏鸣曲"中"奏鸣曲""献曲"都已不可用，"献给大师"略显烦琐，那么，"大师"可用吗？这位诗歌写作者最终会倾向于"奏鸣曲"还是"绝响"呢？选"灯下"还是"大师"呢？如果选择写一首堪称绝响的诗歌，在诗题上，便可选择"大师"，以将诗的含蕴送得更玄远。当然，"灯下"也恰切且稳妥。但稳妥是一首诗的优秀品质吗？再梳理一下余下的句子，觉得"灯下我欣赏一枚金币的纯良"一句中的"我"可以删除。这里加上"我"，局限了主体，拒斥了阅读的参与性，也将一个更开放的更普遍的真理禁锢成为一己认识与感受。因此，选择删除。于是，原诗最后成为另一《大师》的新诗：

大　师

灯下，欣赏一枚金币的纯良
它以拥有自己而比肩时光

我见多了被生活说服的人
故而激动于一次意外的相逢

　　诗作者也完全不用担心一首诗作中因为没有那些沙砾为读者铺设桥梁致使他们不能流畅地朗诵。诗歌不需要这项服务，它开的不是卖散文的杂货铺。

　　林一木有绝对的天分完成一首"绝响"，只要她肯停歇，只要她舍得做减法，难道不是吗？这首趋向绝响的诗作中没有一个字词句不出自她的情思。更何况，林一木写出"绝响"式的诗歌时，区内大多数女性写作者还没有对写诗产生欲念。而且，"绝响"并非诗歌的唯一出路，甚至也可能不是最好的出路。或许她在追随博尔赫斯们的道路上奔波得太久，厌倦了，拐个弯没有什么不可以。还可能因此走出一条康庄大道。但走回头路，向浪漫主义的抒情式回归是不是前景广阔，不能确定。

　　能确定的是：林一木必须提防甚至要自觉克服自己的翻译体诗歌语言，避免无节制的宣泄。至少，从4句扩展为20句与从20句缩减为4句相比，后者更可靠。如果生活中或者诗歌批评中一首诗作因为太短而受到批评，诗作者不必介怀。善意地说，那不过是"村里都夸他字写的好，很黑"一类真诚而朴素的赞美！

第七章　经验与借鉴

　　无论多么有才，诗歌写作都不是闭门造车的事业，它一方面需要写作者有所经验，另一方面要求写作者有所阅读。经验是写作的源泉，也是写作的质料。阅读是写作者的眼界与视域，是写作的参照。经验决定着写作者的精神气质与其诗歌作品的内容和思考；阅读决定着写作者在何种基础上写作，在何种历史积淀上开拓。当然，经验不一定必须是非常人的才能写诗，关键在于发现；阅读也不一定只能阅读经典的作品，关键在于有所触发。当我们有类似的经验，我们如何去处理它，才能让这一个区别于那一个，才能不重复前人呢？在阅读中借鉴，既借鉴他人成功的经验，也汲取他人失败的教训；既看到他人已取得的高度，也看到超越他人的方法与路径。作为女性，作为西部写作者，甘肃女诗人武华强诗歌的优点与欠缺都可以成为宁夏诗人、宁夏女诗人写作的一面镜子。以"母亲"这一诗歌最基本的母题为例，观察其进入当代重要诗人诗作的方式方法，或可在带给我们十分有效的借鉴。

第一节　处理女性经验的方式：以甘肃
女诗人武强华诗歌为例

生于河西走廊，游走于西部，武强华的诗歌中承续了在城镇化中不断陷落的西部气质，甚至遗落着一个远去的江湖。她一再把读者带往冰雪覆盖的祁连山，带往高耸着庙宇的甘南草原，带往沙洲的冷寂，带往羚城的静谧。但武强华更具现实冲击力的诗歌是她关于"病"与"痛"的书写，有独属女性的生命经验，也有这个时代的人们共同的身心体验。曾经身为医者的她，用诗歌为我们记写了一份病历，关乎肉身，关乎社会，关乎时代。

一、诗写的病历

在访谈中，武强华坦言：我甚至对"女诗人"这个提法非常反感……不妨从诗人反感的地方进入，首先去探究她的诗歌作为"女性诗歌文本"的意义。

与那些有着明显先锋气质的女性诗人相比，武强华显得朴拙而实诚，但不失厚重。"一个普通女人／不会有血泪史"（《本命年》），两行反向的表达，诉尽了身为女性的不幸。在现实生活中，任何一个女人都可能是一部血泪史，且不说性别阶级的倾轧，社会、文化偏见的制约，单是自然属性赋予女性的磨难就足以令她们的一生饱尝艰辛：孕育、生产、喂养……而母亲们，尤其是过往岁月中那些身为农人的母亲，对此守口如瓶，仿佛她们只是用一生照料了那些伤痕。如果武强华没有拿起笔，她所诉说的那些伤痛依旧只会隐藏在一个个具体女性隐秘的肉身之中。武强华也十分善于将那些抽象的疼痛转化为具象的细节加以传达。比如《掏空》一诗描述一个刮酸奶瓶的细节："已经没有了／她还在酸奶瓶里掏／卵圆形的勺子刮着杯壁"，"这多么像一次手术"，像"卵圆钳刮着子宫壁"。而这些对于她来说，并非技巧，也非修辞，是直接的生命体验的裸露。作为女性，武强华有入骨的体验，她也书写得足够狠辣："我对这个世界撕心裂肺的过程／心知肚明"；"虚幻的东西，在死去之前／都是不可靠的"（《本命年》）。她把那些切身的疼痛化作刀锋般犀利的语言。也因为身为女性，她都无须动用悲悯，单是说出自己，便说出了全部。这些体验是作为女性的武强华宿命的疼痛，也是作为诗人的武强华可靠的依凭。可贵的是，武强华没有以狭隘、激进的女权主义者的姿态宣泄它们，她有高度，也有醒觉。在访谈中，她说："这是人类苦难的一部分，我们完全有必要去书写"。也是在这个高度上，她的这类书写才获得了更大的意义。

当然，也可以追问：难道女性只有泣血式的书写，她们在什么时候才是精致的？

武强华也在一些诗章中写下女性的生命迷思，写下作为女性的情感诉求、欲望悸动与憧憬向往，呈现出女性经验的一定丰富性。但这些相对平静的表达并没有像《本命年》一类的诗歌因凄厉的歌唱而爆发更大的冲击力。而女性书写，无论是诗歌还是别的什么，在没有明亮地歌唱女性的时候，在没有作为女性明亮地歌唱的时候，女性书写者可能将对"女诗人""女作家"一类的提法永久反感。

　　武强华以医者的经历切入到诗歌写作中来，使得她的诗歌写作对疾病十分敏锐，尤其是亲人、师友的患病，激发着她用诗歌的方式去直面疾病。也因为曾为医者的经历，武强华书写疾病之时，并没有直奔疾病的隐喻层面，而是直书了疾病本身。《本命年》《很多需要忽略的事情一直都在发生》《乳晕》《精神病院》等诗歌呈现了种种病症对人的威胁。这是我们这个时代司空见惯的普遍日常。的确，在这个科技迅猛发展的时代，我们认识了比以往任何时代都更多的疾病，尤其那些我们目前还无法克服的病症，给患者及其家庭带来的苦难并不比它的隐喻层面小。父亲因胃癌切去了胃，母亲因乳腺癌切去了乳房。"那些天，我每天都去看父母 / 像个看守，盯着他们 / 我相信，这样他们就不敢老得太快"。除此之外，"我"无能为力。这份无能为力，在曾为医者的武强华那里会显得格外难耐。

　　武强华也不用俯身对底层的生存者降下神祇似的悲悯，也不是因为懂得才给予慈悲。她就在他们之中。她说："我不是我，当我这样想时，我才能够写作。"一方面，这样想的时候，她才有了游刃有余的开掘空间；另一方面，在写作中，她必须成为他们，才能说出他们。一个喂养傻弟弟的修鞋人，"他不关心人类 / 只关心人类脚下的鞋子"（《修鞋的人》）；一个因劳累坐在路边埋头午休的人，"他比一座真正的雕像 / 还要安静"（《北京雕像》）。在《不安之诗》中，她因将暗夜中背着一捆废旧纸板的人猜想为背着吉他或大提琴的艺术家而心有不安，"好像，我对这个世界无知的幻想 / 无意间伤害了那个人"。我们猜想的那种浪漫，对于底层生存者而言是掺有灰土和血印的艰辛。这细微的误会，被作为共情者的诗人敏锐地捕捉，并呈现为一个个诗歌的表情。在《堵车了》一诗中，她写下堵车的大街上，怀抱亡人的女人的哭泣；在《无伤之痛》中，她写下一个屠夫的疲惫与疼痛。于平静惯常的生活中挖出细节，它们比任何言辞都具有直击现实的力。这也是武强华诗歌可依靠的另一部分资源。

　　说出底层生存的苦难，也给我们的肉身在这个时代的遭遇书写一份诗写的病历。这是武强华的诗歌切近时代与社会的切口，并直接抵达本相，析出被隐喻埋没的本意。武强华诗歌最显在的现实意义也正在于此。

二、诗语的病例

　　让诗歌获得恒久光芒的到底是什么？意义还是语言？意义必不可少，但对诗歌而言，诗意就是它的意义，并且作为语言的艺术，诗歌必须从诗语上觉醒。如果不能在语言上召唤，单凭现实意义无法赋予诗歌恒久的魅力。如果那堆按照分行的秩序摆放的句子在运送来意义之后即刻倒毙，它们只能是工具性的语言，模仿了诗语外在的搭建方式，算不上诗歌。尽管对于现代新诗的评价至今没有完全共识性的标准，但无论如何，只要是在用汉语书写，就必须承续和挖掘汉语的汉语性。到今天，我们为什么还吟诵古典诗词？并不全然因为它记录了时代，评判了社会现象，更因为其中有融入我们文化血脉的审美趣味，有汉语的诗性光辉。现代新诗相对于古典诗词而言是形式上的解放，形式上的自由，对诗语的内在要求上不应该是对古典诗词经验断然的舍弃。一首优秀的诗歌，不管是古典诗词还是现代新诗，要有勾起汉语诗歌传统内的读者记诵的欲念，不断挖掘的思考，去了又返返了又去的迷恋。

反观武强华的诗歌，虽然有对女性经验的书写，有对现实经验的记录，有对西部气质的继承等，但她良莠不齐的诗歌语言还存在诸多需要修正的地方。

第一，要避免怨诽式的书写。那些瞬时的怨言詈语很容易将一首诗拽入口水的深渊。尽管其中可能裹挟些许真相，那些急切的表达中可能透露着粗鄙，那些另起一行的句子完全没有诗歌换行层面的意义。比如《减速器》："高速公路上 / 看到路边有一个广告牌：/ 出售减速器 // 踩着油门的脚不知不觉就轻了 / 不能再快了，这样的速度 / 灵魂真的已经有些跟不上了"。虽然有些枯瘦的现实意义，但没有诗的意味与理趣，更谈不上语言的经验，是可以随意在丢弃在大街上的一句埋怨。

第二，要不断锤炼。有出口成诵的诗，但若追溯，任何一首诗都有瓜熟蒂落的过程。只要一个诗人不立志烹饪诗歌快餐，就要不断打磨，到增一字减一字都不可的程度。比如《火焰还原着真相》。

> 火焰还原着真相
>
> 但不是灾难
>
> 昨天，一种新生的设想
>
> 已经耗费了我们的一生

清晨醒来，夜晚穿过的衣服

分明带着灰烬的味道

新的皱纹又出现在了额头上

作为活着的虚无的一部分

我们不属于火焰

也不属于灰烬

死亡对生者来说只能是种启示

是的，我还是习惯于说我们

包括那些被炙烤的身体

被隐瞒的真相和

不辨缘由的合唱团

　　初读，这首诗已经出示了它优秀的品质。但若反复，就会发现它有些冗余，它还有可以更精准的提升空间。斗胆去为武强华的这首诗做一次修剪，可以化简为：

清晨醒来，夜晚穿过的衣服

分明带着灰烬的味道

作为活着的虚无的一部分

我们不属于火焰

也不属于灰烬

语言的锤炼不只是做减法这么简单的运算，但也是很有效的方法之一。诗歌的力从来不会来自文字的阵容。

第三，要讲究虚实的排布。诗中之诗发生在无辞的地带。武强华很容易将一首诗写"死"，有实无虚，不讲究留白，没有气口。

比如《走了》一诗，是在石子中加入沙子，再填入土灰，再倒入水分，浇注成一块的写法。"……我们小心翼翼／拒绝对视，拒绝再说只字片语／短暂相拥，匆匆离开／走了。那些年追过的小虎队／《爱》已无法挽留，《十七岁的雨季》／不过是二十年后安慰眼角的一滴雨／我在北方焦渴难耐／你在异乡大雨倾盆／走了。不说再见，不说十年八年／不说时间这把杀猪刀／不说距离，不说中国和马来西亚／不说母语里那点蹩脚的尴尬／走了。一路向南／只需十几个小时，热带的海风／就会剥去你身上的棉衣／拔刺一样，把故乡和北方的寒气／从你身体里剔除出去……"前后的引号省略掉的部分与此处呈现的部分都是这种可以相互取代的、并置的、显得无谓的句子。《尕海》一诗的结尾处就很好："瞬间的美／一直被他爱着"，给了诗歌一个轻盈、安详的出口，给了诗歌一缕绵长的余韵。语言也很凝练，并在言辞终止的地方获得了诗意。

武强华诗歌语言中存在的欠缺也是当代诗歌中相对普遍存在的欠缺，是当下诗歌的一个病例。在武强华的诗歌中，她那些相对短小的篇幅比较纯熟，比如《祁连山》《山色尽》《无所思》《无伤之痛》《鱼》等。

《祁连山》中"雪，白过它自己的骨头了"，就有极大的诗语召唤力，是诗的语言。《山色尽》中有野性、神性、诗性、母性等抟塑出的诗歌意象，抛开那些太过切近尘埃的事物，有了飞升的姿态。在这里，诗大于辞，大于物，也大于"我"。《鱼》具有整体上的象征意味，语言也相对清简。如果武强华在创作每一首诗歌的时候能够追问，这一首有没有比上一首更纯熟，她的诗歌将有不断的飞跃。

武强华诗歌在女性经验的调度上带来的启发是：女性经验可以是出发点，也可以是技巧，但是，诗歌的最佳出口可能并不在那里。可以从女性经验进入，但最好从超女性经验的地方走出，从而给诗歌带来更为开阔的言外之境。但在通往诗歌的道路上，没有谁握有绝对的权杖，也很少有哪位诗人敢说自己的诗作是绝对抵达。我们都在途中！

第二节　"母亲"进入诗歌的方式

"母亲"是诗歌最基本的母题之一，对母亲的歌唱是人类共有的情感。在漫长的人类文明演进中，"母亲"一词早已积淀了超乎自然属性的母亲本身，而具备了一定的象征意义。比如，我们可以把祖国称为母亲，可以把文化比作母腹，把祖国语言称为母语。当诗人歌唱母亲的时候，从个人情感上不外乎感恩、怀念、崇敬等，那么，如何在积淀了几千年的文化基础上再写母亲。这不仅是如何处理和母亲的关系的问题，在写作中，更是一个"怎么写"的问题，是一个诗人之间如何做到差异性的问题。人类的情感无外乎喜怒哀乐，千百年来，诗人们都在歌唱，怎么才能将自己与他人区分开来？胡亮在2019年宁夏诗歌研讨会上曾就杨森君、王怀凌、梦也的诗歌做过对比分析，之后提出了诗歌语言的"陌生化"问题，他称之为"痉挛"。"字和词，为什么会出现'迟疑'和'痉挛'？按照我的粗浅体悟，可能至少有以下六种情况：其一，语言与范式语言发生了冲突；其二，语言在试着接受命运转嫁过来的嶙峋；其三，语言在拿捏最小最细腻的分寸感；其四，语言在反思自身的局限性；其五，语言在犹豫如何缺位于那些难以企及之处；其六，语言终于胜利地败北于想象力自身。因此，'迟疑'和'痉挛'，都极为罕见而高级。"[1] 让读者意外，就意味着新鲜，意味着创新，意味着不重复。当代诗人诗作中，写"母亲"的诗歌不计其数，文中选取了十首在方式方法上比较具有代表性的诗歌进行分析，以期获得借鉴与启发。

1. 母亲，厨房

欧阳江河

在万古与一瞬之间，出现了开合与渺茫。

在开合之际，出现了一道门缝。

门后面，被推开的是海阔天空。

---

① 胡亮：《何以让我们意外——在宁夏诗歌研讨会上的即兴发言》，《朔方》，2020 年第 10 期。

没有手，只有推的动作。

被推开的是大地的一个厨房。
菜刀起落处，云卷云舒。
光速般合拢的生死
被切成星球的两半，慢的两半。

萝卜也切成了两半。
在厨房，母亲切了悠悠一生，
一盘凉拌三丝，切得千山万水，
一条鱼，切成逃离刀刃的样子，
端上餐桌还不肯离开池塘。

暑天的豆腐，被切出了雪意。
土豆听见了洋葱的刀法
和对位法，一种如花吐瓣的剥落，
一种时间内部的物我两空。
去留之间，刀起刀落。

但母亲手上并没有拿刀。

天使们递到母亲手上的
不是刀，是几片落叶。
医生拿着听诊器在听秋风。

> 深海里的秋刀鱼
>
> 越过刀锋，朝星空游去。
>
> 如今晚餐在天上，
>
> 整个菜市场被塞进冰箱，
>
> 而母亲，已无力打开冷时间。

欧阳江河的《母亲，厨房》在诗题上将母亲与其一生的疆域——厨房这一空间并置，以诗歌高度概括的功能，为千千万万母亲们在现实生活中、在历史进程中、在文化背景中寻找到一块独属于她们的空间位置。在女权主义者那里，常用"厨房"文化、"餐桌"文化来道出女性在现实日常生活与人类文化生活之中遭遇的不公正。但欧阳江河从孩子的角度，以一个诗人的笔法为母亲归属了一个"她"的领域——厨房。诗歌以"在万古与一瞬之间，出现了开合与渺茫"开篇，将母亲和厨房放置在宏大历史与文化的背景中，母亲与厨房也似乎在一瞬间褪尽凡胎泥身而成为神话。在接下来的一节中，接续了这天地开合间诞生的神圣生命体，"被推开的是大地的一个厨房"。厨房被诗歌放置在大地之上，它不再是狭小的私人空间，不再只是洗洗涮涮日复一日毫无价值意义的操作间。在这个空间中，母亲过了"悠游一生"，劳作了一生。母亲切菜、切鱼、切豆腐、切土豆，也切开生死，切开星球。对于孩子而言，母亲的劳作每一天都为他们打开一个全新的世界。"但母亲手上没有拿刀"，"天使们递到母亲手上的 / 不是刀"，如果诗歌在此停驻，也许我们可以从诗歌中获得的将是慰藉，母亲手上没有拿刀，她手中握着的是爱，她以此切开天地，交付出一个新世界。遗憾的是，诗歌没有在此停驻，生命的进程没有在此停驻，"不是刀，是几片落叶"，天使们在招引母亲，他们将她带去另一个世界，去了另一个时间的维度。"如今晚餐在天上，/ 整个菜市场被塞进冰箱，/ 而母亲，已无力打开冷时间。"诗歌开篇于这一个世界的开天辟地，收束于这个被开天辟地的时间的结束，诗人以冷静的方式处理着母亲的离去这一事实及其给孩子带来的巨大悲怆。欧阳江河的诗歌是"冥想者"的诗歌，他用诗歌来做哲学思辨。这首《母亲，厨房》中携带了个体小我的情感，但诗歌并没有落入一己小我的天地。从诗歌的开篇，诗人就给予了母亲和厨房不凡的"出身"。这里的母亲也不再只是肉身的母亲，她是情感的、她是神话的、她是历史的、她是文化的、她是思辨的。

因此，欧阳江河这首关于母亲的诗歌的不同凡响之处在于他给予母亲的身份，她在这首诗中是肉身的存在，同时又是脱离了肉身的存在。当然，在语言上，欧阳江河这首诗的喻体语言也是其形式与内容高度融合产生别样效果的所在。由于诗歌的普遍关怀属性，"母亲"与"厨房"在这首诗歌中具有了符号的意义。它们将这一首与其他的诗歌区别开来，带着欧阳江河的印记。

2. 背着母亲上高山

雷平阳

背着母亲上高山，让她看看

她困顿了一生的地盘。真的，那只是

一块弹丸之地，在几株白杨树之间

河是小河，路是小路，屋是小屋

命是小命。我是她的小儿子，小如虚空

像一张蚂蚁的脸，承受不了最小的闪电

我们站在高山之巅，顺着天空往下看

母亲没找到她刚栽下的那些青菜

我的焦虑则布满了白杨之外的空间

没有边际的小，扩散着，像古老的时光

一次次排练的恩怨，恒久而简单

　　农耕文明具有母性怀抱的属性，包括乡土。生于其中的作家、诗人，往往抱着母体认识指认他的出身之地，也往往以逃离狭小的出生地为自己的成人加冕。雷平阳1966年出生于云南昭通土城乡欧家营，他的诗歌中无论有无明显的乡土村镇的姓名，但在情感底蕴上总伴有乡土文化与意识。《背着母亲上高山》在内容上，书写了诗人"我"与母亲的生活琐事，当然，是具有诗性精神的生活琐事。在对母亲的指认上，这首诗中的母亲是肉身的母亲，是烟火人间中的母亲。在语言上，这首诗具有雷平阳诗歌一贯的语言风格。诗歌所围绕的事件是背着母亲上高山这一事件，但让这首诗显出异质性的因素不在于内容本身，而在于事件本身带来的诗歌视角的独特之处。诗歌以俯视的角度来打量母亲"困顿了一生的地盘"，从而也让母亲看到这样一个事实："……真的，那只是 / 一块弹丸之地"，"河是小河，路是小路，屋是小屋 / 命是小命"。也许，在"我"背着母亲上高山之前，她从未如此打量她的生存之所，她的劳作之域，她的仅此一次的生命。母亲会为这"小"而怨悔吗？母亲以养育儿女而欣慰。不像儿女，他们总在寻找更广阔的天地，但对于母亲而言，儿女就是她的天地。诗歌俯视的视角让人联想到日本著名诗人谷川俊太郎的《七个四月》，以第一人称的方式叙事，用七个四月贯穿，也是一位母亲的一生，一位女性的一生。诗歌如此结尾："四月我终于死去了／站在佛陀的身边　往下看／下界正盛开着樱花"。诗歌有历经一生终于可以俯视自己挣扎于其中的人间之感，俯视的是作为苍生的人的劳碌，与人做参照的是佛陀。雷平阳《背着母亲上高山》也是俯视，但它所俯视的是场域，是生命本身的渺小。不像《七个四月》，是人的生命经过一生修炼得到升华的过程。因此，《七个四月》看似收束于虚无，其实是生命价值得到确证的实有。但《背着母亲上高山》在收束诗歌时将其托付给了无物可对应的言辞之虚，"没有边际的小，扩散着，像古老的时光／一次次排练的恩怨，恒久而简单"，到底指向什么呢？无物。这样的处理使诗歌陷于力量的涣散。如果诗人信任诗歌，将诗收束在"我的焦虑则布满了白杨之外的空间"处即可，到这里，言辞该说的已经说尽，无尽之意应该交给无辞地带。

　　但从启发性的角度看，这首诗无疑还是极具借鉴意义，包括它的瑕疵。仅仅是转换一个角度，就能让生命本身获得不一样的观感，也能让诗歌获得不一样的艺术效果，从而也让诗歌因其创造性而获得了在已有诗歌土壤上生长的价值和意义。

3. 奢　返

傅元峰

一心回家的人
像一场神奇的火灾

莫愁湖只有荷花还未开放
我的劝阻让母亲成了湖心的孤岛

那里非常适合养鸡
种一架丝瓜，非常适合
打开柴门，升起炭火

南京的母亲努力回家
她将发霉的馒头扎好包裹
扎好一场太阳和酱香的交谈

当我终于将车开上了长江大桥
母亲快乐得像一个少女
换成春天生病，沉疴难起

傅元峰的诗歌往往具有实验的性质，他一心想要开拓现代新诗语言的疆域，一心想要织构前所未有的意象，一心想要以诗歌去映现幽深复杂的心象……《奢返》并不是他诗中的上乘之作，但作为一首与"母亲"相关的诗歌，《奢返》依旧带给我们许多的启示，尤其在语言的织构上。"一心回家的人／像一团神奇的火灾"，一位客居南京儿子家中的母亲，一心想要回到自己的家中，她的似箭归心火急火燎，诗人以"火灾"一词，以大写意的手法去比拟母亲。但是另一方面，儿子一心想让母亲留驻，不惜寻找种种借口，比如：莫愁湖的其他美景母亲虽然见过了，但荷花还未开放。对儿子的心愿有所顾忌的母亲、没有能力自行回家的母亲此时成了"湖心的孤岛"。母亲一心想要回去的家是个什么样的地方呢？"那里非常适合养鸡／种一架丝瓜，非常适合／打开柴门，升起炭火"，那里，并非金窝银窝，却有母亲习惯的生活轨辙。只有在那里，母亲会是一个有自己社会关系网络的人，会是一个有自己语言的人，会是一个自由安适地生活的主人。客居南京一心想要回家的母亲已准备好了行李，扎好了包裹。但她的包裹里是"发霉的馒头"，是她那一带挨过饿受过苦对粮食怀有感恩之心的人用一生培养起来的习惯，她知道，如果她不带走她珍惜过的、晒过的馒头片，它将被毫不犹豫地扔掉。正如一个母亲，来此世一遭，大多只携带了些创痛离开。"她将发霉的馒头扎好包裹／扎好一场太阳和酱香的交谈"，被诗人珍视的，是馒头片上寄留的时光，晒干的馒头片是母亲在自己家中居留的时光的见证。"当我终于将车开上了长江大桥／母亲快乐得像一个少女"，一个一心想要回家的人，终于踏上了回家之路，她的开心有如新生。

　　诗歌虽短小，却在字里行间寄寓了母子之间的一场"对话"，各自都对彼此爱意满满，想要彼此成全。最终儿子选择了满足母亲的心愿，送她回家。哪怕那之后，母亲将"沉疴难起"。"母亲将发霉的馒头片扎好包裹"这一典型细节的选取，可以说救活了一首诗，也让母亲的形象在诗歌中得到永恒。《奢返》在诗题上也带有启发意义。诗歌是命名的行为，而诗题的命名在一定程度上可以看出诗人对诗歌的认识和态度。"奢返"一词本身是具有创新性，具有因新鲜感而产生的吸引力。这首诗写的是肉身的母亲，是一己的具体的母亲，诗歌没有在字面上将对母亲的关切推而广之，但与《奢返》的诗题是具有经验上私人化的一致性。

4. 母　亲

胡　弦

清晨的菜市场，一个老妇人向我打听非洲
（她的小儿子被派往那里工作快一年了）。
而在昨天的晚报上，有个贪官要被枪毙，他的母亲
在卖去秋所收的玉米，拼凑
来这个城市的路费。

我想起一个天文学家的话：白天也有星星，但看
不见。

意思是：永恒的恩情总在暗处和反面，

一如相册里的母亲不咳嗽，没有脚步声。

寂静如此坚实，使痛哭比悲伤更艰涩万分。

　　胡弦的这首《母亲》有旁观、有观己，直接以"母亲"为题，也使其中的叙事抒情具有了普遍性的意义。诗歌的前两节是叙事，具有诗性戏剧性，叙述了在现实日常生活中所遇到的母亲，在文字中得到的母亲。母亲们各自有各自的困境，我们在生活中遇到的任何一个落魄的、衰老的妇人都有可能是一位母亲，都有可能是一位伟大的母亲。在诗歌中，写作者与之相遇的第一位老妇人在清晨的菜市场上向"我"——一位陌生人打听非洲，"她的小儿子被派往那里工作快一年了"，天各一方，尽管可能儿子时有信息来，但母亲总还是想要在"打听"中一点点拼凑起儿子所生活的非洲的样子，让自己的思念与牵挂落到实处。这一层，写作者写到的是地域造成的母子分离，但即便如此，母亲对于儿子的思念与牵挂却是时时刻刻的。第二层，诗歌写到的是阶层、城乡等因素造成的母子分离。一个官员，不是无能担负母亲的物质生存条件，但也许母亲执拗，母亲安于她的农事生活。即使官员是个贪官，是个贪到要被枪毙的官员，是被万人所唾弃的犯罪者，但在母亲那里，他依旧是她的儿子。她变卖所有，只为拼凑路费，到另一个城市去看儿子一眼，或者，为他收尸埋骨。写作者在叙述中的情感是节制的，他信任叙述，用简洁的语言叙述清楚事情的脉络即可。在这个基础上，"我想起一个天文学家的话：白天也有星星，但看不见。／意思是：永恒的恩情总在暗处和反面"，"永恒"是诗人对母爱的指认。诗歌在叙述的基础上引来思辨，至此，诗歌都没有"我"的情感的入场。直到："一如相册里的母亲不咳嗽，没有脚步声。/寂静如此坚实，使痛哭比悲伤更艰涩万分"，写作者的情感才被引出。而写作者与母亲的分离不是地域的、不是城乡或阶层的，而是生死别离。相册里的母亲已不可触及，没有咳嗽声，没有脚步声，"寂静如此坚实"，使得痛哭都不能实现，使得痛哭比悲伤更艰涩万分。

在这首诗歌中，叙述、思辨与抒情都动用了，只为交付出那种寂静如山的爱。唯一值得抱慰的是，正如诗中所说，恩情不会因天各一方、阴阳两隔而不存在。谁能说在另一个世界的母亲就放下了思念与牵挂呢？诗歌以他者书写自我，以生者写死者，以叙述抒情，以思辨抒情，以抒情思辨和叙述。直接、直白的书写要出色出彩是有难度的，如果能够换个角度、换个方式就可能带来创新性的东西，从而给一个已成熟的母题、主题、形象带来增构。这也是胡弦这首《母亲》的启示意义所在。

5. 空气中的母亲

汤养宗

现在，母亲已什么也不是，母亲只是空气
空的，透明的，荒凉与虚无的
空气中的母亲，不公开，不言语，不责怪

一张与我有关的脸，有时是多的，
有时是少的

现在，母亲已什么也不是，母亲只是空气
摸不到，年龄不详，表情摇曳
空气中的母亲，像遗址，像踪迹，
像永远的疑问
够不着的母亲，有时是真的，有时假的

现在，母亲已什么也不是，母亲只是空气
飘着，散着，太阳照着，也被风吹着
空气中的母亲，左边一个，右边也一个
轻轻喊一声，眼前依然是空空的空空的

　　汤养宗短小的绝句，往往在三两句之间爆发出千钧之力。比
如他的《祷告书》一诗，全诗两节，每节两行。两行诗歌用字用
词相同，不同之处只在于语序："我一生都在一条河流里洗炭 / 十
指黑黑。怎么洗，怎么黑。// 我一生都在一条河流里洗炭 / 怎么黑，
怎么洗。十指黑黑。"不过，这首诗的成诗时间是其重要的构成
之一，作为背景也作为内容存在。2016年5月1日，劳动节。诗歌
在短小的诗行间削减了赘余的字词，却蕴含了深广的意义。既写
洗炭的劳动者，也写诗歌写作者。因十指黑黑而洗，但无论如何
洗，还是十指黑黑。一个劳作者、一个写作者，如何才能在谋取
生存的过程中还能保持洁净？短小并非衡量一首诗优劣的标准，

诗的长短应取决于诗歌本身的需要，当然，无论长短，都需要有足够的诗情支撑。《空气中的母亲》一诗用了复沓的结构，在形式上形成回环往复的效果，形式上的回环往复对应了诗歌抒情内容上的反复吁叹。"现在，母亲已什么也不是，母亲只是空气"，"不公开，不言语，不责怪""像遗址，像踪迹"。对于孩子而言，已逝的母亲摸不着、看不见。已逝的母亲是空无的，是呼喊时的不应答，是抚摸时的无法企及。那么，已逝的存在吗？如果存在，她在哪里？诗歌说，已逝的母亲像空气，"轻轻喊一声，眼前依然是空空的空空的"，尽管她"飘着，散着"，被太阳照着，被风吹着。虽然母亲像空气，无处不在，能够描述孩子对于母亲的无处不在的想念。但这首诗在总体走向上是流于哀伤，像一个无法得到抚慰的孩子的落寞。

诗歌虽然有复沓的结构形式，有大量的词语的堆砌，但也正是那些低音调的、絮叨似的句式，而非短促、非高昂，使得诗歌在内容与形式上相统一，声文相谐。另外，在对生命中最熟悉的母亲的书写，写作者往往会归于朴素，语言也会归于朴素。像散文名篇《背影》，如非朴素，其中的父亲形象及父子之情将大打折扣。这首诗歌在书写母亲之时，是直接进入的，没有在角度上、方法上、结构上有过精巧的构思痕迹，但在情感传达上却做到了恰到好处。

6. 非李（致母亲）

胡　亮

妈妈，你的老年手机只存有四个电话号码，

而我的智能手机却存有一千四百

八十三个电话号码。我将得到什么？

星星，橘子，橘子里面甜得过分

的一瓣雷管，还是涪江的一网细浪？

我已经缚住了内心的猛虎。妈妈，

多么好，我也不是李长吉。

还能有什么大事？妈妈，

除了今天早点回家，

除了陪你打一场笨拙的扑克牌？

　　诗歌有博弈之别，"赌徒"的诗依赖于喷发的情感，"棋手"的诗依赖于深思熟虑，前者主灵感，后者主技巧。江弱水在《诗的八堂课》中说李白是赌博型的诗人，杜甫是弈棋型的诗人。当然，也有博弈相济的诗。"诗人要能用弈棋型的手法来制造赌博型的效果，不可无匠心，不可有匠气"。[①]胡亮的诗歌在强调"怎么写"的主张之下定然是有过弈棋的思量过程的，他的诗往往胜

---

　　① 江弱水：《诗的八堂课》，商务印书馆，2017 年，第 21 页。

在方式方法上。他独特的诗思方式使得他的诗歌具有非常明晰的辨识度。胡亮写到母亲的时候，深挚的情感冲淡了他的弈棋之迹。比如致母亲的这首《非李》。在标题上，以未知与新奇带来吸引。及至进入诗歌，在开篇两句中，写出了一种较为普遍的现象：年迈的父母所用的老年手机往往只有子女的号码，再扩大一点，就是亲戚，再扩大一点可能有街坊邻居。但此处手机里电话号码的数量正如《母亲，厨房》中属于母亲的空间一样有限，正如《背着母亲上高山》中母亲的地盘一样狭小，她们的天地就是儿女。与母亲相比，"我的智能手机却存有一千四百／八十三个"，一行诗盛不下的数量，需要另起一行去穷尽，一个十分庞大的社交网络。那么，"我将得到什么？"这是与母亲的差异带给我的思考，是反问，也是反省。我将得到的无非是可能的"星星""橘子"，或者"一网细浪"。"星星"是看得见但摘不到的东西，"橘子"是摘得到但包含危险的事物，而"一网细浪"是美好但终将一场空的打捞。这些，需要经历世事才能体味，才会懂得。因此，诗歌在省悟中也写出了个人成长的历程。"我已经缚住了内心的猛虎"，曾经的野心与抱负我已放下。世间最值得珍重与回馈的是亲情，是母亲。在此，诗人引入了李长吉的故事，深化情感。李长吉这位短命的天才有一个理解并心疼他的母亲，李商隐《李长吉小传》中传记了李长吉母亲对儿子的理解、心疼与担忧："是儿要当呕出心乃已尔"。但《非李》中，胡亮对母亲说"我也不是李长吉"，是对母亲的安慰，也是自我宽慰：幸好，我不是那种呕出心才罢休的写作者，不会让母亲担忧。在对母亲的呼唤中，以不是李长吉点题，解开标题中的悬念，解开人生的悬念。既然我不是李长吉那样的诗人，还能有什么大事呢？"妈妈，/除了今天早点回家，/除了陪你打一场笨拙的扑克牌？"人生的大事，就是多陪陪母亲，哪怕是打一场笨拙的扑克牌。

这首诗歌中有对母亲的深厚情感的支撑，也有在写法上的精心构思。从诗题的"别有用心"，到诗句中新鲜的比拟，以及"典故"的使用，都是胡亮式的，带有他标签的诗歌语言与形式，新颖、别致，深情、省思、智性，是有传承的诗歌，也是有开创的诗歌，他的诗歌形成了鲜明的个人风格。

7.春　节

郭晓琦

母亲，这个春节你依然在家
你坐在堂屋最中间的旧方桌上，在一张纸后面
在红木相框里。平静、安详
你微笑着，好像从来就没有去过远方

母亲，你没去过远方，这个春节
你依然在家。你坐在三炷香火的青烟里
在一盏小油灯闪烁的微光里
我们为你准备好了酒和水果，一桌丰盛饭菜
我们为你扎好的白纸花
大朵大朵地开放——

母亲，你不再唠叨。剧烈的咳嗽和偏头疼
已经彻底好了。你坐在堂屋的中央
比往常更宽容，蓝粗布衣衫洗得干干净净
你微笑着，陪我们度过又一个春节

吴思敬曾评价郭晓琦说他"是一位对世界充满大爱的诗人。他来自西部，善于透过西部的寻常景象发现诗意。在其气势恢宏、行云流水的文字中，闪烁着如19世纪俄罗斯作家笔下油画般的色彩和人性光辉。"的确，郭晓琦是充满大爱的诗人，善于从寻常物景事象中发掘诗意。更准确地说，他首先作为人，在寻常处看到人情，然后才作为诗人，书写它。尽管并不是每个写作者都只限于某种文体的书写，但当代作家诗人中，能够兼擅各种文体不是普遍现象。郭晓琦在小说、诗歌写作中都取得了一定成绩。也许，正因为如此，郭晓琦诗歌往往以叙事成诗。当然，也并不是说所有写小说的写起诗歌来都依赖叙事。比如宁夏作家中的石舒清、郭文斌都因小说而闻名，但他们写起诗歌来却紧守"诗"的文体意识，维护诗固有的边界。石舒清曾说他就喜欢诗歌那种说深邃得说不清，在语言上又美得放不下的感觉，他曾以里尔克《严重时刻》为例，阐述了自己对理想诗歌的认识。郭文斌曾有诗集《我被我的眼睛带坏》，也是极具个人风格的书写。郭晓琦的《春节》用了静态的描写来解构诗歌。诗中最频繁的字词是"在"，诗歌以"在"写出了母亲的不在。这是其构思上的精巧之处，独特之处。当然，也是生活使然。母亲永远"活"在孩子的生命中。

"母亲，这个春节你依然在家 / 你坐在堂屋最中间的旧方桌上，在一张纸后面 / 在红木相框里……"诗人甚至动用了"坐"这一动词，让逝去的母亲"栩栩如生"，"陪我们过春节"。在全篇的结构上，诗歌用了复沓形式，形成了循环往复的吁叹效果，与孩子对母亲的追念之情在形式与内容上达到了统一。诗歌轻声细语的描绘就像在跟母亲聊天，跟母亲唠嗑，形成了声文的和谐。

这首诗选择了春节这一万家团圆的时刻，或者，更准确地说，是触发诗情诗思的具体时刻是春节这一特别的节点。在这个节点上，孩子对母亲的思念之情更胜，如果母亲还在世，她一定在厨房里忙活，为孩子们准备年节的食物。但母亲不在了，她哪里都去不了了，也不愿去任何地方，她就在一方红木相框里，在一张纸后面，在堂屋最中间的旧方桌上，平静、安详。以"在"反写不在，以柔声细语的叙述寄寓深厚而质朴的情感，以回环往复的复沓结构与不可停歇的思念之情相携相伴，是这首诗的成功之处。

8. 娘说的，命

张二棍

娘说的命，是坡地上的谷子
一夜之间被野猪拱成
光溜溜的秸秆
娘说的命，是肝癌晚期的大爷
在夜里，翻来覆去的疼

最后，把颤抖的指头

塞进黑乎乎的插座里

娘说的命，是李福贵的大小子

在城里打工，给野车撞坏了腰

每天架起双拐，在村口公路上

看见拉煤的车，就喊：

停下，停下

娘说命的时候，灶台里的烟

不停地扑过来

她昏花的老眼，

流出了那么多的泪，停不下来

停

不

下

来

　　张二棍有首诗题为《在乡下，神是朴素的》，以城乡二元对立的结构，书写了在乡下，神也是朴素的这一感受。根本上，是诗人对城乡差异的判断。但更真实的事实是，在乡下，人们供的神，信的命。那些不如意的人，那些不如意的事，在无力改变的时候，人们把它看成是命运的安排，就什么都接受了，什么都认了。就像这首诗中的娘，她就是乡下最常见的妇人，她们就是那些被"头发长，见识短"来定论的生命。在娘那里，无力改变的任何事情都是命，包括坡地上的谷子被野猪拱得只剩光溜溜的秸秆这一事情。粮食就是农人的命，但一夜之间野猪将谷子毁尽。
这件事在乡下严重到可以与一个人的肝癌晚期并置。肝癌晚期的
大爷因受不了那难耐的疼痛，以触电的方式选择结束生命，那就
是娘说的命。娘说的命就是天灾与人祸，比如李富贵的大小子，
在城里打工，被车撞坏了腰，他不仅不能够成为家里的经济来源，
还成了拖累，连自己的行动都不能自负，每天架着双拐活着。娘
说的命，就是无力遏制的眼泪，情不自禁地掉落的事情。娘说的
命，是一部分人的世界观，那一部分人往往是底层老百姓。因此，
这首诗是具有高度概括性的。但诗歌中，娘的眼泪没有在前面任
何一种境遇中流淌，它滚落在灶台里的烟扑出来的时候。似乎不
是因为娘为那些不公的命运流淌的眼泪，仅仅是因为烟火给扑的。
但从写作的技巧上看，这正是一个成熟的写作者成熟的处理方式，
这眼泪流淌的情境要比在前面几种情境中流淌更具打动人心的力
量。那么多的眼泪，停不下来，她为那些不幸的人而流，为不公
的命运而流。在形式上，诗歌在最后很具实验性地，让停不下来
四个字各占一行，让它们成为跨越诗行的难以遏制，以此增强感
染力。

　　这首诗中母亲并非抒情的对象，这首诗中的母亲成为被讲述
的对象，而替母亲讲述，实际上是一种转述，这种转述对应于一
位诗人替人群说话的职分。诗歌转述出的是乡下的母亲们的世界
观，看似没有道理，却是底层老百姓最有效的应对困厄的手段。
在这首诗歌中，母亲是一种化身，一种世界观、价值观或者一种
生存状态的化身。将无力改变的任何事情都归因于命，从而逆来
顺受，度过漫漫一生，度过历史的潮起潮落。似乎，在乡下，只

有千百年来传承的这个法则才是最有效的生存武器。诗歌也在这个意义上超出了情感关怀而具有了批判的力度，母亲也在这个意义上超出了肉身的局限，成为一种代言，从而具有了一种生存状态，一种存在方式的形象化身。

9. 我们不能不爱母亲

韩　东

我们不能不爱母亲，
特别是她死了以后。
衰老和麻烦也结束了，
你只须擦拭镜框上的玻璃。

爱得这样洁净，甚至一无所有。
当她活着，充斥各种问题。
我们对她的爱一无所有，
或者隐藏着。

把那张脆薄的照片点燃，
制造一点烟火。
我们以为我们可以爱一个活着的母亲，
其实是她活着时爱过我们。

　　韩东是"新时期"以后"第三代诗人"群落中的代表性诗人，在新浪潮掀起的诗歌语言变革中，韩东的诗歌在实践上起到了引领的开拓性作用。尽管今天回头去读，他那些激进的、含有鲜明实验性质的作品已不是什么上乘之作。但其作为社会意义的语言实验价值，作为审美意义的语言实验价值却并不因历史语境的时过境迁而丧失。对其个人而言，如果没有《有关大雁塔》《你见过大海》阶段的实验和探索，就不可能有《我们不能不爱母亲》这类优秀诗作的诞生。在语言上，这首诗依旧葆有口语诗的语体特征，包括其中一些词语的选择，比如"死"这个字眼，说得那样直白，那样无遮拦，那样不避讳。但这首诗在语言上摒弃了《你见过大海》式的激进反叛方式，改变了文字游戏的策略，以洗练爽利的语言完成了诗歌的书写，这是韩东这首诗在语言上的成功之处。诗题"我们不能不爱母亲"在意义上可能带来两种倾向的理解，一是我们迫不得已地爱着母亲；二是没有什么可以阻挡我们爱母亲。进入诗歌内容，可以看到，诗歌基本上是沿着第一种理解书写下去的。"我们不能不爱母亲／特别是在她死了以后"。为什么呢？在母亲死后，"衰老和麻烦也结束了"，她不再给我们添麻烦，也不再跟我们打交道。当我们说爱的时候，可以说得深沉，也可以说得利索，不再需要付诸行动，"只须擦拭镜框上的玻璃"。诗歌在此分节，但接下去的一节以"爱得这样洁净"开头，使得节与节之间有了粘连，有了无需言辞前往的地带，有了诗性生成的地带，有了省思的地带。在母亲活着的时候，"充斥各种问题"。但在她死了以后，我们可以爱得洁净，不用去为一个上了年纪的母亲洗洗涮涮，不用为一个生病的母亲擦擦拭拭。在她活着的时候，我们可能没有带给她任何爱的实现，"或者隐藏着"。这就是母亲活着的时候，我们爱的方式。当她死了以后，点燃她脆薄的照片，"制造一点烟火"，除此之外，一无所有。"我们以为我们可以爱一个活着的母亲"，真相是"她活着时爱过我们"，我们的爱在她死后，洁净得一无所有。

这首诗歌中，韩东道出了我们大多数人不敢说出口的一个真相，我们很少用实际行动爱过母亲，母亲则恰恰相反。在洁净的语言之下，韩东勇于揭示真相，与20世纪80年代中期时候一样。诗歌不仅仅是寻求美的呈现，诗歌也可以批判，更可以自我反省、自我批判。诗歌在自嘲、自省的过程中流露出对母亲的歉疚之情，对还没有为母亲做值得一提的事情母亲就已离去的遗憾，正所谓"子欲孝而亲不待"。诗人完全不怕真相的揭示会有损于自我的声名。不伟视自己，正视自己。自我反省、自我批判，亦可成就诗。

10. 呼　唤

李　南

在一个繁花闪现的早晨，我听见
不远处一个清脆的童声
他喊——"妈妈！"

几个行路的女人，和我一样
微笑着回过头来

她们都认为这声鲜嫩的呼唤

与自己有关

这是青草呼唤春天的时候

孩子，如果你的呼唤没有回答

就把我眼中的灯盏取走

把我心中的温暖也取走

　　十首诗歌中，前九首都出于男性诗人之手。无论是追忆、思念、感激还是悔恨，都有因情感的深挚而带来的沉重感。李南是女性诗人，身为母亲，她会以何种方式入诗？母亲在她那里是沉重的吗？母亲在她那里是晦暗的吗？在《呼唤》中，我没能看到一个完全不一样的母亲，一个以母亲之身书写的母亲形象。这位母亲出现的时候，有着童话一样的背景，"在一个繁花闪现的早晨"，一声清脆的童声呼唤了母亲。因着这一生呼唤，母亲获得了她的身份，母亲被赋予了她的称谓。在这一声稚子的呼唤声中，我和几个行路的女人一样，"微笑着回过头来"。不管她们社会身份如何，地位如何，家世如何，在那一声呼唤中，作为女性所具有的母性被唤醒。微笑着回过头是母亲对稚子的呼唤的回应，"她们都认为这声鲜嫩的呼唤／与自己有关"。出于母亲的天性，出于本能的反应，也出于博爱，出于母亲的襟怀。也因为这声呼唤，无论是什么身份的母亲，似乎都能在一瞬间相亲相爱。"这是青草呼唤春天的时候"，是孩子呼唤母亲的时刻，母亲就是孩子的春天，是孩子的时令。诗人并没有就此让诗歌收束，她更进一步做了假设："孩子，如果你的呼唤没有回答"，"就把我眼中的灯盏取走／把我心中的温暖也取走"。也正是这样的假设，让母爱获得了她更伟大的意义。它并不完全以血缘关系为纽带而存在，它可以将任何需要回应的稚子囊括进来。是母亲，就意味着温暖的怀抱，就意味着光明的希望。任何一个母亲都准备好了一生的给予，给予温暖，给予光明。

这首诗的优秀之处就在于它是光明的，是温暖的，它没有再塑忍辱负重的母亲形象。当这样一个母亲形象进入诗歌的时候，母亲是明亮的，是光辉的。在其他的诗歌中，作为孩子书写的时候，几乎都痛悔没有陪伴母亲，没有给予母亲什么。可是，在真正的母亲开口的时候，她所需要的不会太多，就是一声呼唤。那声呼唤就是给予，就是她力量的来源，就是她幸福的来源。也正因为那声呼唤，她的眼里有光明，她的心中有温暖。而这并非技能，它出自母亲这一身份。正如前文所言，女性书写，无论是诗歌还是别的什么，在没有明亮地歌唱女性的时候，在没有作为女性明亮地歌唱的时候，女性书写者可能将对"女诗人""女作家"一类的提法永久反感。而明亮的歌唱女性，女性明亮的歌唱源自自我精神的强大。这首诗的成立、有效，也来自它对母亲一反常态的书写，来自它书写母亲的姿态，它对待事物的态度，它发出的明亮而温暖的精神感召力。

总体上看，以上诗歌中虽然也还有些，没有脱离"游子吟"式的情感结构，但无论是角度、语言、姿态……总有创造性寄寓其中，从而使得它们在书写母亲、歌唱母亲的时候能够获得诗歌艺术发展意义上的有效性。也是从以上诗歌中，可以看到，母亲可以是肉身的，可以是精神的；可以是血缘的，可以是文化的；可以是现实的，可以是历史的；可以是具体的，可以是符号的……对于我们司空见惯的人、事、物，我们可以寻找更多其进入诗歌的方式，当然，也会有更多收束诗歌的方式。那些更多的可能性，就是对"怎么写"的探索和开拓，就是创造性之所在，就是"意外"之所在。阅读他者的诗歌，总能给我们带来这样那样的经验与借鉴，这也是写作者阅读的意义之一。

第八章　批评方式与方法

从不同的角度出发，批评可以有不同的分类方式。从批评文章内容构成看，诗歌批评可以分为倚重史学描述类、倚重理论建设类和倚重诗性分析类。根据不同的需要，无论倚重哪方面，都并非划分批评优劣的依据。倚重史学的批评，能够从历史接续的角度，给批评对象一个相对准确的历史坐标，有助于在传承中确认对象的位置；倚重理论的批评，能够十分有效地穿透批评对象，有效的理论依据，能够更有效地抵达研究对象背后的规律；倚重诗性的批评，能够更贴合批评对象作为诗歌的本质属性。只是，在当下诗歌批评中，较常见的便是一种史学描述的诗歌批评，其中，主题阐释往往占批评的大部分内容，但在诗歌语言的分析上相对欠缺。作为语言的艺术，诗歌能否在语言上带来一定的启示与开拓是其根本的艺术依据，因此，诗歌批评应重视对诗歌语言的分析研究。同时，作为诗歌批评，批评本身的语言应当具有诗性成分。而作为批评，其本身的文体意识，也是形成一个批评家风格的重要依据。在宁夏，当下重要的批评家有郎伟、钟正平、武淑莲、白草、牛学智、张富宝、许峰、倪万军等人。其中，倪万军的文学批评是具有一定代表性的，他的优点与欠缺都具有一定代表性。倪万军的文学批评集中在其2018年出版的《叙事的困境——宁夏文学观察》一书中。观察倪万军的文学批评，在一定程度上也可以窥见宁夏文学批评、诗歌批评的优点与欠缺。作为高校中国现当代文学专业教师，倪万军的文学批评具有倚重史学描述的特征，同时，作为一个诗歌写作者，倪万军的文学批评也具有诗性的光芒。二者的结合使得倪万军的文学批评既具有史学骨架又具有诗性肌质，值得肯定。在批评的文体自觉性与批评理念上，国内著名青年批评家胡亮带有鲜明个人风格的文学批评具有一定借鉴性与启示性。胡亮文学批评不具有学院派的背景与特征，在风格上自由不羁又有真知灼见；在方式方法上，既有对中国文论的继承又有对西方文论的吸纳，其文学批评文章主要集中在《琉璃脆》《虚掩》《窥豹录》等文集中。本章以倪万军与胡亮的文学批评、诗歌批评为例，分析他们批评的方式与方法，以期得到一定借鉴与启示。

第一节　史学骨架与诗性肌质：倪万军文学批评观察

倪万军是宁夏青年评论家之一，在观察宁夏文学批评的时候，倪万军的文学批评具有一定代表性，其批评的史学骨架与诗性肌质也是宁夏文学批评的较为普遍的一种方式。倪万军做文学批评一方面是工作需要，另一方面是兴趣所致，更重要的是一种不易察觉的责任与担当。《叙事的困境——宁夏文学观察》是倪万军的文学评论集，其中收录了他治学以来所写的与宁夏文学相关的评论文章，这些文章字字句句凝结着多年来倪万军的心血与对宁夏文学的思考。因此，《叙事的困境》是厚重的，由五部分内容组成：第一部分为序言；第二部分是对具体作家作品的评鉴；第三部分是对宁夏文学现象所作的描述、分析与观察；第四部分附录了几篇相关的对话、讨论与会议记录；第五部分为后记。

一、关于序言

王岩森老师从生活和文学两方面描述了他的爱徒倪万军："生活中的万军是细腻的、谦和的、温婉的。文学中的万军却是执拗的、坚守的、个性的。"显然十分节制，也没有花边。但在阅读倪万军《叙事的困境》时，王老师所说的"谦和"与"执拗"会逐渐凸显。

其次，在王老师的序言中，特地勾画了倪万军文学世界的版图：阅读、创作、编辑、评论。就阅读而言，据我所知，倪万军的藏书量在10000册以上，为此，他常常担心楼板的负荷。与藏书癖不同的是，倪万军买书不为收藏，而是为了阅读。而且，他对于书籍本身是带着一种崇敬之情。曾经听闻他读书是要佩戴白手套的。不知是真是假，但从他那里借书是十分困难的，并不是他吝啬，而是他不放心对方能否像他一样虔敬地对待他的书籍。广泛的阅读滋养着他的教学、书写与生活，使得他在做学术研究与文学批评的时候首先具有较为开阔的视野、独异的见地与深刻的认识。就编辑活动而言，倪万军在大学期间就开始编报纸了。这一点其实对倪万军的学术研究也是有着较大的影响。例如他的一些科研项目，就是研究本土作家群的生成与期刊的关系，在《叙事的困境》中这部分研究也有收录。在创作上，倪万军的尝试较早，并且在诗歌、小说、戏剧等方面均有成果。我读到他最多的文学创作还是诗歌。他的诗歌写作留有深刻的现代诗人诗艺烙印，在风格上以晦暗为美，在抒情主体的身份认领上自觉于知识分子的担当。长期的、大量的文学创作尝试使得倪万军在做学术研究与文学评论文章时在语言、结构、认识与情怀等方面呈现出丰盈的诗性韵致。

最后，提及《叙事的困境》一书，也许是爱徒之作的缘故，既不能溢美也不能针砭，所以王老师的评价也是"谦和"，正印了他说的"文如其人，人如其文"。王老师说，这份谦和"使得他的评论文字多了几分对评论对象的同情之理解"，同时，也使得他的评论"少了几分自信与决断"。

整体上，王岩森老师对《叙事的困境》给予的评价与其对倪万军其人的描述可以提供阅读该书的参照。但就该书而言，笔者还是要在王老师十分保守的序言的基础上多说一些。

二、关于《文本·作者》部分

这部分收录的文章主要是倪万军对宁夏区内诗人与小说家们的作品从诗学意义上给予的关照与分析。从这些文章中可以看出，倪万军是在知人的基础上展开评鉴的，而这部分内容较为明晰地呈现出批评者与作者及文本之间的关系问题。

（一）批评者与作者

吴晓东在《从卡夫卡到昆德拉——20世纪的小说和小说家》中说："在某种意义上说，作家是通过作家才成为作家的。"并引用了马尔克斯一段类似的感悟："归根结底，文学不是在大学里掌握的，而是在对其他作家的作品的阅读、再阅读中掌握的。"但是，作家与批评家之间的关系就不一样了。吴晓东依旧引用了马尔克斯的说法："评论家在小说家的作品里找到的不是他们能够找到的东西，而是乐意找到的东西。"[1] 为此，马尔克斯还曾戏弄过批评家。但吴晓东说马尔克斯还不算最刻薄的，他说他见过对批评家最尖刻的嘲弄出自爱尔兰大作家贝克特的荒诞剧《等待戈多》，写两人无聊等待戈多时的对骂：

　　爱斯特拉冈　咱们来相骂吧。

　　[他们转身，把彼此间的距离扩大，又转身面对着面。]
　　弗拉基米尔　窝囊废！
　　爱斯特拉冈　寄生虫！
　　弗拉基米尔　丑八怪！
　　爱斯特拉冈　鸦片鬼！
　　弗拉基米尔　阴沟里的耗子！

① 吴晓东：《从卡夫卡到昆德拉——20世纪的小说和小说家》，生活·读书·新知三联书店，2017年第2版，第286页。

爱斯特拉冈 牧师！

弗拉基米尔 白痴！

爱斯特拉冈 （最后一击）批评家！

弗拉基米尔 哦！

[他被打败，垂头丧气地转过头去。]①

　　贝克特的确刻薄无上，极端呈现了他对批评家的一种厌嫌与鄙弃。但批评家并不以获得作家诗人的厚爱而存在。尤其在当下语境中，批评者的独立精神甚至凸显为他们最可贵的品质。不过，倪万军陷入的是另一种情形的危险境地：与写作者过于熟知。当然，与写作者是否熟识并不能决定批评文章的优劣。批评文章的价值在于它是否切中肯綮，是否具有指导意义。只是过于熟识，有时会使得评论文章受制于"私人关系"。一是批判有顾虑；二是褒扬有溢美之嫌；最要命的是用生活中对写作者的认识取代对其文本的认识，这种取代有时是自觉的，有时是不自觉的。这就要求批评者具备一定的素养，才能够最大程度地不被影响。

　　在《叙事的困境》中，批评者与写作者的熟识关系带来的优越与短处都比较明显。首先，与写作者的熟知使得倪万军能够抓住写作者的性情与文学追求进入文本，从而更充分更恰切地理解文本。也使得倪万军的评论文章并不以单调、功利的专业理析显

①吴晓东：《从卡夫卡到昆德拉——20世纪的小说和小说家》，生活·读书·新知三联书店，2017年第2版，第287页。

出枯燥与乏味，甚至充满了浓浓的人情味而使其评论在充裕的情致中完成。这一点在为学生陈永强与李文的诗集所作的序言和评论中有十分清晰的体现。从两篇文章的行文口吻及对作品的品评可以看出倪万军更注重注入自己作为师者的身份，对学生的爱与殷切的盼望使得他在写这些文章的时候给予写作者格外的深情与理解。"对于这样的习作者，我们更应该向他表达我们的敬意，我们更应该感谢他，感谢他这样年轻而悲悯的心，感谢他以自己的痛苦触动了我们麻木的神经。"

　　这种熟知也使得倪万军更清楚写作者所受的精神滋养，从而更准确地评判作品。在《"女诗人"的写作——关于林一木的诗歌》中，倪万军准确描画了林一木诗歌创作历程与精神嬗蜕之路。"到了思想和诗艺相对成熟以后，除了泰戈尔式的空灵给她的影响之外，就是郑敏、昌耀和洛夫等话语诗人的现代意识、哲学思想方面对她的影响。这时候林一木对于人和世界的认识发生了根本的变化，尤其对生命的理解早已经超越了'孤独'和'寂寞'的状态，并且超越了诗本身而建立起一个独特的诗意空间，时而空灵时，而沉重，时而充满了对生命、对世界的哲学式追问与探讨，这已经超越了对早期诗歌形式的追求而表现出一种通达和智慧。"可以说这些都得益于批评者对写作者的熟知。同时，弊端也十分明显。浏览一下《叙事的困境》《文本·作者》部分所收录评论的研究对象，至少在写作者姓名上都是十分熟识的宁夏作家与诗人。在生活中，倪万军与他们大都相当熟悉。王岩森老师所说的"谦和"造成的两种情形在很大程度上也缘于此。甚至这种熟识的关系也影响到倪万军评论的布局与结构，使得倪万军在写评论时，至少这部分收录的评论中，先要述及与写作者的交往史，从而知人论文。依旧以《"女诗人"的写作——关于林一木的诗歌》为例，其中以《让中国的手点燃太阳之光》为例分析林一木诗歌的介入性与可贵的独立思考精神，将其置入同一时期同类题材的作品中甄别，从而肯定了林一木的努力。不过，就该诗的题目与评论文章中摘录的诗节看，倪万军所说的"思想见长、主体深刻"也是有限的，尤其是节录的部分在诗歌语言上并无可取之处。在《"女诗人"的写作——关于林一木的诗歌》中，有一段文字表达了倪万军自己对诗歌写作的认识："但在我看来，想要读懂一首诗，单凭理论工具和艺术手段是无法完全接近诗人灵魂的，因为对于一名真正的诗人而言，写作就是为了在自己和世界之间建造一座屏障，就是为了阻止自己内心真实的想法被他人看到。所以很多人说读不懂诗歌，这在我看来是再正常不过了，因为读不懂诗的人其实是在屏障之外读诗的。"虽然我并不赞同倪万军对诗歌写作的这种认识，但这段文字在一定程度上表达了与写作者的熟识让倪万军评论时的位置，站在屏障之内阅读和理解了他所评论的这些作品，而没有逃脱用生活中对写作者的认识取代对其文本的认识的危险。

（二）批评者与文本

倪万军的评鉴大多从作品的内容层面进入，更多的是解读和阐释作品的内涵，从而肯定文学作品对现实世界的介入意义。在《文本·作者》部分，我觉得《刘岳诗歌印象》一文相对比较理想。整体上，倪万军指出刘岳的诗歌"语言朴素沉默内敛但充满了张力，意象清晰，结构精巧，简洁明快。他的诗歌充满了悲天悯人的情怀，充满了对生命的内省和礼赞，充满了对尴尬人生和庸俗人世的质疑和反思，表现出他对生命、对生活刻骨铭心的体验和感悟。"在指出刘岳早期一些诗歌留有模仿的痕迹的同时，倪万军具体分析了刘岳诗集《世上》中比较上乘、更能代表刘岳在《世上》阶段所达到的较高水准的诗歌。例如《西海固的水》一诗，倪万军不仅提及杨梓对该诗的评鉴：这首诗"显示出刘岳对水的深刻理解，这已不是'一碗水'了，而是一种庄重的仪式"，倪万军更随之指出了"水"在被众多西海固诗歌从解救酷烈生存的意义和价值书写中生发的转变："刘岳这首诗中，却将'水'朝向希望，朝向未来，'洗净''出嫁'等具有强烈仪式感的行为赋予西海固的'水'全新的功能和价值，这已经超越了人对'水'生理、生存的本能需求，'水'对于生命的意义被充分挖掘出来，最终指向了形而上的崇高的精神领域。"从而使水从它的物质形态脱离而具有了诗语的召唤力量。倪万军也指出了《世上》对于刘岳而言是他"看"与"言说"的方式。以《另一种喻示》为例，评论分析了诗歌所包含的两个层次。其一是"挂着蔚蓝"的"最空的天空"，这是诗人精神的栖居之地，它代表着诗人对世界的美好想象：纯净、朴素、自然。其二是"挂着人间烟尘"的"最忧伤的脸"，这是诗人不得不面对的现实世界，如此丰富、如此厚重、如此艰辛、如此哀伤，是每个人都要为之辛苦奔波的平凡人世。从意义层面，倪万军认为这些"基本上构成了刘岳《世上》的全部内容：对自我的认识和对生命的思考与理解；对底层世界的同情和爱；对人类、自然、社会宏观的认识和关照"。应该说，在意义诠释上，倪万军的评论相对是比较饱和与丰满的。而且，倪万军十分注重于此："很多批评家在判断一个诗人的价值时，更注重于形式和修辞的问题。是的，从形式和修辞的角度来认识问题，或许会使诗人看起来更像一个诗人而不是末流的剧作家或者三流的散文家，但是一个诗人不能只注重形式和修辞的问题。"但这种认识我觉得过于偏执，用王岩森老师的话说是"执拗"。《刘岳诗歌印象》一文的缺憾也来自他的这种"执拗"。倪万军在诗歌评论上并没有重视形式与技巧的探讨。而这一部分对于诗歌写作者而言也许是更为根本的部分，毕竟，诗歌是语言的艺术。单纯从意义层面上很可能每个人的写作都能够套用一些习惯性评鉴：意象丰富、结构精巧，等等。但在诗歌写作中，正是语言区分出了这一个和那一个。比如在《另一种喻示》中，诗人十分简洁地以类推的方式从最空的天空到最忧伤的脸，以旁观自己的方式看取世界、思考存在，简洁、类推、旁观与隐喻是刘岳这首诗歌提供的十分鲜明的诗语方式。如果评论者能够在这些方向上稍有开掘，我想这篇《刘岳诗歌印象》会更圆满。

总体上，像《刘岳诗歌印象》这类评论，批评者与文本之间建立了相对良好的评鉴关系，对诗歌领悟与评价的结果来自文本，而不是来自对诗写者的感谢认知。只是这样细致入微的品评文章之上，倪万军十分谨慎地冠以"印象"式批评的题目，显得过于谦逊。

三、关于《现象·媒介》部分

这部分收录的文章主要是倪万军从整体上对"宁夏文学""西

海固文学"现象的史学描述与归纳。倪万军自入职以来一直承担汉语言文学本科阶段中国现代文学史课程的讲授，长期的文学史思维方式在其评论文章中显现出十分明晰的印迹。

（一）文学史梳理

倪万军并没有带着纯粹的功利目的去书写地方文学史，但对宁夏文学的文学史描述与梳理的意识在整体上对他的相关研究奠定了一个较为开阔的学术格局。比如对"西海固文学"现象的文学史描述，正是史学意识让他较早也较为敏锐地进入到对这方面的研究中。作为宁夏的文化名片之一，"西海固文学"自20世纪90年代以来曾经是中国文坛一个相对显见的文学现象。《关于"西海固文学"的命名》一文对"西海固文学"这一现象的命名历史做了梳理与归纳，从而为这一文学现象留下相对清晰的历史记录。倪万军将"西海固文学"的命名最早追溯至1997年下半年。"南台在写于1997年11月8日的文章《西海固的一支哀兵》中说：'当他（王漫西，时任《六盘山》杂志编辑）和同是海原老乡的左侧统跟我联系，说要找我'聊一聊'的时候，我以为他们要'聊'文学，却不料他谈起了工作，提出想把《六盘山》的刊名改为'西海固文学'。"之后，倪万军十分仔细地追索了"西海固"这三个字最初与文学发生联系的刊物；"西海固作家群"这一提法的出现；"西海固文学"旗帜的出现；"西海固文学"发展与繁荣的历史过程。这种极具挑战的细微梳理需要翻阅大量的文献，得到的往往是看似十分细微且无学术价值的事实。但对于地方文学史而言，这种及时的梳理与描述却具有十分重要的史学价值。而这篇文章所凝结的研究者的心血也只有与成堆的文献资料纠缠过的人才能知晓，倪万军做这些工作一方面缘于工作需要，更深层次的动力却来自对一方文学史的刀笔之心。

（二）文学史定位

强烈的文学史意识使得倪万军在对地方文学史的梳理中十分自觉地建立起其与中国文学史的联系以及在整体中国文学版图中的地理位置关系，从而相对比较准确地为地方文学史，为具体作家作品、流派与现象给出相对准确的文学史位置。例如《新时期宁夏诗歌生态的形成与建构——以〈朔方〉为核心的考察》一文中在论及"新时期"的宁夏诗歌生态时，其命名与考量的时段界定本就是将地方文学历史嵌入大的国家民族历史发展背景中的。在具体展开论述的过程中，书写者对"新时期"宁夏诗歌生态的描述便追溯到整个中国当代文学在"文革"结束后如何从历史的废墟上起步，宁夏诗歌的新发展也是从这时开始。"1979年3月6日至10日在银川召开宁夏文学艺术界第一届第三次全委会扩大会议，会议宣布了宁夏区党委的决定，宁夏回族自治区文学艺术界联合会正式恢复工作。"从而奠定了宁夏文学划时代发展的里程碑。难能可贵的是，倪万军在做历史梳理的时候并没有简单地以线性历史发展的逻辑单一地展开，而是有对比、有品评、有分析进行。对于宁夏文学艺术界第一届第三次全委会扩大会议，倪万军做了如下评价："虽然这个谨小慎微的官方会议并没有完全否定十七年和'文革'时期宁夏文学的总体形象，但仍然对'文革'尤其'四人帮'对宁夏文艺的破坏有很深刻的反思。"文章以高深的诗作《致诗人》去谛听诗人"对宁夏文艺春天到来的热情回应"，记录和描绘了"诗人从历史与政治的灾难中崛起和重新发现自我的深情歌唱"。在历史梳理的框架中，将具体的创作实践置入其中，从而让宏大的历史不失文学的丰满。

不仅是地方文学史的书写被给予了历史坐标，倪万军对具体作家作品的研究也善于和习惯于用历史坐标法确定他们在历史河流中的位置。在此基础上，去探究他们书写的价值所在。比如第二部分《现代背景之下的艰苦挣扎——以漠月小说为例》一文中，以《传统：一条被现代化切断的河流》为小标题追溯"中国文学想象中有两种传统"，"一种是19世纪末期以来的知识分子坚决反对的传统，它所代表的是旧中国陈腐整体机制，是僵化阻滞社会进步的顽疾。《阿Q正传》中的未庄，《祝福》中的鲁镇都是这个传统潜滋暗长的土壤"；"另一种是沈从文《边城》中的传统，汪曾祺《受戒》中的传统，依托土地家园，是古老的中国唯一馈赠给子孙的礼物。""在漠月的小说中不断出现对后一种传统的怀念、追忆和深刻反思。"从而为漠月的乡土题材写作一个流脉归属。在历史的横截面上，倪万军以张炜对传统与现代的态度来映照漠月的创作，从而给予漠月同时代创作者的精神共鸣。

（三）对创作队伍代际接续与更替的把握

倪万军也十分醒觉于对作家群体代际关系的把握与描述，例如《不一样的青春风景——宁夏"80后"诗人的出场与在场》一文关注了宁夏"80后"诗人的境况。文章述及白烨的《"80后"的现状与未来》中"80后"写作崛起的原因：一是新概念作文大赛的推动，二是市场的推动，三是学生读者的需求。与之相比，倪万军注意到宁夏"80后"写作在拥有青春文学特质的同时，也指出了本土写作者特性与欠缺。在"出场"上，倪万军看到了宁夏"80后"的势单力薄，他们并没有像韩寒郭敬明那样被关注，更多的是自我描述。直到《朔方》等杂志以"宁夏80后诗人诗作"等方式集结推出他们的作品，他们才真正出场并不断成长。在创作主题上，倪万军归纳了宁夏"80后"诗歌写作者普遍关注的三方面内容：一是对故乡亲人的抒情，二是对社会现实的深切关注，三是对现代化背景之下青春的迷茫。而这部分梳理与描述很好地弥补了《西北边地的抒情——新世纪宁夏诗歌创作简论》中对宁夏诗人代际接续的叙述。这篇文章很好地弥补了第二部分中《西北边地的抒情》一文，在《西北边地的抒情》中，倪万军将宁夏诗人从20世纪50年代的起步，到50—70年代受国内特殊社会环境和文化氛围的影响，到80年代"60后"诗人的崭露头角，到90年代"60后"诗人逐步走向成熟并形成自己的风格，引领宁夏诗歌创作走向繁荣，到新世纪"70后"诗人的递补做了较为详细的梳理。在此基础上，《不一样的风景》的完成，可以说较为完整地托出了宁夏诗人群代际发展状况。

此外，对期刊作为文学阵地在地方文学的发展中作出的贡献也是倪万军比较关注的。可以说相对明晰的文学史意识与思维成就了他对宁夏文学的观察。

四、关于倪万军文学批评的几点思考

（一）诗歌写作是屏障还是道路

倪万军说："在我看来，想要读懂一首诗，单凭理论工具和艺术手段是无法完全接近诗人灵魂的，因为对于一名真正的诗人而言，写作就是为了在自己和世界之间建造一座屏障，就是为了阻止自己内心真实的想法被他人看到。所以很多人说读不懂诗歌，这在我看来是再正常不过了，因为读不懂诗的人其实是在屏障之外读诗的。"但我认为诗人恰恰是在做一种努力：铺设一条语言的道路，让自己通向世界，让世界通向自己，也让自己通向自己。只不过，诗人与铺路工人不同的是诗人选择了创造语言这种方式去呈现自我与世界的关系，与语言的关系。而诗人一旦真正进入诗歌写作，甚至是语言在召唤诗人，而非诗人使用语言。诗人之所以表达，就是为向世界呈现自己，只是他们的表达大多数时候并不赤裸裸。比如倪万军关注到的林一木的诗作《我不说》，这种"不说"并不是为了阻止自己内心真实的想法被他人看到，而是以"不说"的方式达到全部的"说出"的效果。

（二）批评者个人认知对解读作品的拘囿

贺绍俊在《宁夏的意义》中说："中国的现代化是在全球化的背景下强行启动的，从内部来看条件尚不充分，但后发的特点又使得我们很快地效仿现代化最先进的范式，因此中国构成了多重社会形态和文化形态，前现代、现代和后现代共存于一体。中国的前现代社会形态和文化形态还很强大，大量的农村，以及许多不发达地区的城市，都应该说还处在前现代。大西北则是前现代的大本营。""宁夏的文学相当精准地表达出建立在前现代社会基础上的人类积累的精神价值。"这种对宁夏文学整体的考察相对较为准确地吐出了宁夏文学的内核。它的特性、欠缺等都源于这样一个社会现实。而且，由于学识、眼界等的限定，宁夏作家整体上还在低吟"牧歌"。但"牧歌"依托的是前现代社会循环往复的时间观。而现代的时间是一种不可逆的线性时间，是一个进化论的时间观。因此，在现代化进程中，怀抱着"牧歌"理想的作家们缱绻于农耕文明的故乡，表达着对故土家园的依依不舍。对于生长于这片土地上的作家诗人以及评论家，怀抱这样的情愫无可厚非，也更是对生活的真诚表达。所以，倪万军在几篇关于漠月小说的评论中探讨了乡土小说的叙述空间及可能。作为批评者，倪万军更多通过漠月的小说分析表达了自己的"牧歌"理想。而没有站在更高的层面去评判作家的局限与作品的局限。或者更准确地说，同样抱有"牧歌"理想的倪万军并不认为对前现代社会的眷恋有时代局限性，毕竟，从根本上说，文学就是一种"乡愁"。因此，他更多肯定了漠月小说中"不断坚守的姿态和挽留的叹息"，最终以"我们看到叙述者对土地家园的眷恋、感激和同情"结尾，并没有站在更高的层面为这部分写作者一条出路。因此，批评者个人的认知对于文学作品的解读会带来太多拘囿，也很难指出写作者的局限，就更勿论为困境指出出路了。

（三）批评对于写作的指导意义

前文曾述及批评家与作家的一种危险关系，而作家之所以不认可批评家，是因为多数批评家的批评没有为作家提供有效的借鉴与指导。倪万军的批评长处在于擅长搭建史学的骨架，在此基础上做诗学分析的尝试。在具体的文本分析中，倪万军更多地倾情于内容与意义的阐释解读而忽视了形式与技巧的探讨。更值得反思的是，一些研究在批评者那里实际付出了大量心血，但并未为写作者带来太大借鉴。当然，批评者与研究者并非只为指导写作者而展开研究，但至少要在一定程度对写作者产生一定的指导意义。例如倪万军发在《小说评论》上的《"我"的出走与回归——宁夏中短篇小说的叙事学考察和"知诗者"形象论略》一文，虽对写作者可能会产生一种警醒的作用，但实际没有太实际的指导意义。比较一下，这种弱点会相对明晰地凸显。比如牛学智的《当前宁夏中短篇小说叙事新观察》一文，也是在谈宁夏中短篇小说，也是从叙事上入手进行的探析，牛学智的分析就刺到了痛处，从更深刻的社会结构指出了一部优秀作品的优秀之处："不能从根本上意识到基层社会现实结构内部的价值断裂，所有的人性故事，它的地域体验深度，都是极其有限的，叙事也就不能被人们普遍地体验到。"

总体上看，史学的骨架与诗性的肌质勾画出倪万军文学的总体轮廓。对文学现象与作家作品能够本着严谨端庄的史学意识为其圈点文学史坐标，是倪万军宁夏文学观察的鲜明特征。与此同时，对作家作品的诗性阐释与解读使倪万军的宁夏文学观察不失韵致。

第二节 "胡亮式"批评带来的启示

胡亮并非"学院派",他的批评带有鲜明的个性特征。在明确的文体意识下,胡亮文学批评自成一格,有强烈的可读性,其批评文章自身便具有审美价值。"胡亮式"批评不仅给宁夏文学批评,也给当下学文学批评带来启示意义。其中,有些启示恰恰是最基础却又被忽略了的。

始于"雪",结于"铁";以诗意的澡雪开端,以"铁和残酷现实"收束,《窥豹录》在诗艺与现实交织的广阔空间中蕴蓄了批评家的风骨与气度。与其深厚的底蕴相比,阅读胡亮的文学批评,最拂动人心的,是其文字中绵延的汉语之美与辉光:"顶上雪何谓?白发也。心头雪何谓?死灰也……"以诗论诗,一路挥洒而下,尽是英萃华章,以诗性的语言阐发诗,与诗共生,与诗同在。如《周梦蝶》一文:以"先说其作为寒士的孤危之诗","再说其作为情种的热烈之诗","再说其作为隐者的超迈之诗","最后说其作为老僧的解脱之诗"引领,结构上婉转相承、隔行悬合,词句上几乎句句相衔,字字相俪。文体深得中国古代诗话体风骨,行文有中国明清小品文之韵致。在语言上,与对象共生,并辔而行。沈奇老师说:"从发生学而言,'学养''学理''直觉''情怀''问题意识',是论文写作的内动力、原驱力,但最后这些都得通过具体的文字语言和体例结构来作文本呈现。"① 醒觉于批评的语言，自觉于汉语文化传统的身份，胡亮建立在中西诗学会通基础上的"黄金"语言，是给当代文学批评带来的第一层启示，文学批评首先要具备的便是文字功夫，文字功夫是批评文章是否具备审美自足性的第一要义。

20世纪中国社会的动荡与变革，在话语层面上呈现为语言的变革。在这场前所未有的深刻变革中，新诗的诞生取法西方，白话与欧化的语言构成了新诗的语言资源；新诗批评的话语模式、理论资源更是迄今为止依旧在从西方搬运、移植。在理论建构上，正如日本学者手冢富雄与海德格尔的对话所示："我们的语言缺少一种规范力量"。② 西方概念系统的确带给我们机床般的便利与批量化生产的可能性，其理论体系在中国当代诗学建构过程中也的确显示了有效性。但同时，翻译的不彻底性与未完成状态，对理性与体系化建构的单向度追求，对历史本位主义的客观性的恪守，学院工厂式的复制，共同催产出丧失了汉语审美气质的文学批评语言，甚至是丧失了文学性的批评语言。也正如海德格尔谈话中那个"更巨大的担忧"，借助欧洲美学，以形而上学的方式来规定东亚艺术，"东亚艺术的真正本质被掩盖起来了，而且被

① 沈奇：《汉语之批评或批评之文章——评胡亮文论集〈阐释之雪〉兼评批评文体问题》，《中国诗歌研究动态》，2018年第1期，第179页。
②[德]海德格尔：《从一次关于语言的对话而来——在一位日本人与一位探问者之间》，《在通往语言的途中》，孙周兴译，商务印书馆，1997年版，第87页。

贩卖到一个与它格格不入的领域中去了。"①郑敏在20世纪末曾寻求一种当代汉语诗歌语言，能够承担高度浓缩和高强度的诗歌内容。当代文学批评、诗歌批评更有必要寻求具备和彰显汉语审美气质的语言资源。虽然不必模仿，也无可复制，但胡亮经营文学批评语言的努力，为当代汉语文学批评、诗歌批评提供了一条可供参考的革新之路。

文学批评，尤其是诗歌批评一方面过度依赖西方概念体系，造成了批评文本与文学文本的擦肩而过，批评文章仅与理论同在，与史同在，却并不与美同在，也体现出批评主体诗性的匮乏与丧失。另一方面，批评者并没有全面、深入地进入文本、穿越文学文本和细读文本，造成批评文本在拥有宏大理论骨架的同时缺失丰满的肌质。一种十分普遍的现象是批评者只带了大脑来思考和理析，却并不带感官，既无经验亦无体验，批评主体在审美向度上与文学主体无法形成共振与对话。文学批评不是"拆散彩虹"的事业，更不是"将活的文学当作死的标本处理"②的业务。对作品的进入、穿越与细读本是文学批评的马步功夫，是批评上到高处的必由之路。胡亮能够独辟蹊径翩然抵达文本的内核，形成感性批评的文本，从根本上讲，在于其批评文本从孕育之初就对研

①[德]海德格尔：《从一次关于语言的对话而来——在一位日本人与一位探问者之间》，《在通往语言的途中》，孙周兴译，商务印书馆，1997年版，第100页。

②郑敏：《对21世纪文学阐释理论的希望："心的回归"》，《思维·文化·诗学》，河南人民出版社，2001年版，第174页。

究对象下足了细读的功夫。他的文学批评是以写作者与作品为中心的批评，无论是对批评对象的选取还是舍弃，都是经过他反复的斟酌与研判作出的审慎选择，对每一个对象都是经过大量而细致的相关研读，才寻找到恰切而新颖的角度给予开掘式的阐发。《谁的洛丽塔》一文中，批评者对作品的谙熟程度，就让丁瑞根发出了"惊叹"："文中——也是《洛丽塔》中——涉及数百个文本，横跨小说、诗歌、散文、戏剧，叙述者、虚拟叙述者也即被叙述的叙述者、读者、虚拟读者，构建了一个幽深而充满歧途的迷宫。"[1] 如果不是有过细读，批评者自身首先会迷失其中，更遑论见解的可靠、深刻与独到。

在展开批评的过程中，胡亮并不急于确定对象历史的、文学史的坐标，而更着意于对象的审美特性。他对新世纪以来新诗批评中诗派与诗潮，尤其是代际捆绑、地域圈划等急于命名的现象保持了必要的警惕，也对已被现当代文学史梳理过的群落、诗人做了个人的审慎的检视。这在《窥豹录》研究体系的确立中有明显的反应，"当代诗的九十九张面孔"，每位诗人不可替代的诗学价值与审美意义被放置在第一位，他们共同构成了当代诗歌史具体、灵动、可触及的躯体。即使要探寻"诗人们"共有的某些经验与启示，他也不是粗疏地依据地理、时间这些相对更为外在的线条去圈套，而一定是寻求和发现一个更为隐秘幽微的联结点、生长点，比如《诗人之死》一文，与其说，是诗歌使批评家集结

---

[1] 丁瑞根：《由幽深而敞亮——胡亮诗学写作的发生学刍议》，《诗探索》，2019 年第 3 期，第 108 页。

了他们，不如说，是命运对他们做了相类的选择，而强烈的命运感的书写，也早已超越了某个专业某个学科守则，而上升为对生命的叩问。这些隐秘幽微之处的探寻，当然要比地域、时间等轨辙更费力，更需要批评者、研究者对原材料进行精分与细算。

胡亮葳蕤丰饶的感性批评在提供识与思之前，首先提供了丰沛的感官体验，对文学文本能够览其色、扣其声、嗅其香，批评者穿越对象的身影与踪迹清晰可见，惊艳、可靠、持重，细读是其文学批评形成大气象的基石。也只有实实在在穿越，才能谈及穿透。也只有细读，才能更准确，才有新发现。也只有体验、沉浸，才能更好地抵达作品。唯其如此，才可能有共振与对话，才可能有创造性的生成。

巴蜀多育奇才，即使不蘸取历史的丰厚积淀，仅是同时代师友间的相互勉励与影响，也给了胡亮诸多补益。但对非学院、非文学体制之中的批评者胡亮而言，其文学批评成今日之气象，其间付出的辛苦可想而知。胡亮坦言，在走向文学批评的道路上，并无人指路，只有阅读。

在《大江健三郎书店》一文中，胡亮透露了一点他的阅读经历："我在少年时代遇上的恰好就是普利什文和帕乌斯托夫斯基，爱伦堡则来得较晚……还有他们反复谈到的那些作家，尤其是苏俄白银时代的诗人和作家：阿赫马托娃、曼杰施塔姆、茨维塔耶娃、帕斯捷尔纳克，不再是引导，而是直接培训出我的立场：即便置身于庞然大物之阵也必须固守某种立场。"① 对于1975年出生的胡亮而言，大约在大对数同代人还在读杨朔的散文和魏巍的通讯稿的时候，他就已经拜会了诸多大师与巨匠，开始确立其处世为文的精神与立场。也是在《大江健三郎书店》一文中，胡亮撩开了他卧室小小的柏木书架，及至移至客厅的梨木书架的一角："一个不断被抽取，不断被添加，既是必然的书架，也是偶然的书架。"② 从他更多的文章留下的线索中，能够窥见他不断抽取与添加的过程中阅读的广泛性。丁瑞根谈及他《谁的洛丽塔》一文时不仅有惊叹，也有感叹："当他穿梭其间，出色完成了叙述学分层，同时也即'互文性'指辩之时，也就意味着胡亮早已把自结构主义以降的西方当代批评理论，几乎如数纳入自己的工具箱，并已练就娴熟的使用技巧。"③ 与此同时，自刘勰、钟嵘、司空图、严羽、袁枚、刘熙载、王国维以至民初学衡派的中国诗学"正脉"，构成了胡亮文学批评的"美学上游"，用胡亮自己的话说，字里行间，西洋与古典形成了有意思的交错。广泛而深入的阅读给了胡亮文学批评开阔厚实的生态性滋养。不拘一格、不溺一域，造就了他的文学批评在古今中外广阔的文化空间中能够神游万仞，也彰显了他的兼容并包与万千气象。比如，他并没有因为金庸在文学史中"通俗"的标签而舍弃他，相反，他有自己的评判。金庸是他从少年时

---

① 胡亮：《大江健三郎书店》，《虚掩》，安徽教育出版社，2018 年，第 5 页。
② 胡亮：《大江健三郎书店》，《虚掩》，安徽教育出版社，2018 年，第 3 页。
③ 丁瑞根：《由幽深而敞亮——胡亮诗学写作的发生学刍议》，《诗探索》，
　　2019 年，第 3 期，第 108 页。

代开始便在阅读的大师之一，即使现在，他也会拿来读读，一篇《说不尽的〈鲁拜集〉》①可见他对金庸阅读的精深。在其尚未面世的《屠龙术》增补本中，就有张三丰教张无忌太极剑的故事："'不坏，不坏，忘得真快。'邋里邋遢的三丰真人这样表扬张无忌，因为后者在大殿内踱了一圈，又踱了半圈，就已经把前者适才传授的剑招忘得干干净净。这是金庸讲的武学好故事，不妨视为诗学好故事。"胡亮已然把一本江湖，读成了诗学。在极具源头性诗学意义的《屠龙术》中，其兼收并蓄融会贯通的功夫中有集中的体现。也是这份功力，使得胡亮的诗歌批评在古今中外诗学的交汇处焕发出异彩。走一条中西诗学、古今诗学的会通之路，正是胡亮文学批评对当代中国文学批评昭示的一条坦途与正途。胡亮有言："在文学的阅读、写作和批评方面，黄色时代（复古）早已式微，蓝色时代（崇洋）尚未消颓，接下来，我愿意参与与建设一个中西古今会通的绿色时代。"②

---

① 胡亮:《说不尽的〈鲁拜集〉》,《世界文学》,2020年,第1期,第235页。
② 胡亮:《大江健三郎书店》,《虚掩》,安徽教育出版社,2018年,第10页。

参考文献

著作：

1. ［美］爱德华·W·苏贾.后现代地理学.[M].北京：商务印书馆，2004.

2. 丁帆.中国西部现代文学史[M].北京：人民文学出版社，2004.

3. ［美］段义孚.空间与地方——经验的视角.[M].王志标，译.北京：中国人民大学出版社，2017.

4. ［德］恩斯特·卡希尔.语言与神话.[M].于晓，等，译.上海：生活·读书·新知三联书店，2017.

5. 傅元峰.寻找当代汉诗的矿脉.[M].太原：北岳文艺出版社，2014.

6. 耿占春.隐喻.[M].郑州：河南大学出版社，2007.

7. 耿占春.失去象征的世界——诗歌、经验与修辞.[M].北京：北京大学出版社，2008.

8. ［英］弗吉尼亚·伍尔夫.论小说与小说家.[M].瞿世镜，译.上海：上海译文出版社，2009.

9. 胡亮.虚掩.[M].合肥：安徽教育出版社，2018.

10. 胡亮.琉璃脆.[M].西安：陕西人民教育出版社，2017.

11. [德] 海德格尔 . 在通向语言的途中 . [M]. 孙周兴，译 . 北京：商务印书馆，1997.

12. [德] 海德格尔 . 在通向语言的途中 . [M]. 孙周兴，译 . 北京：商务印书馆出版，2004.

13. [法] 亨利·列斐伏尔 . 空间与政治 . [M]. 李春，译 . 上海：上海人民出版社，2015.

14. 江弱水 . 诗的八堂课 . [M]. 北京：商务印书馆，2017.

15. [意] 吉奥乔·阿甘本 . 语言与死亡：否定之地 . [M]. 张羽佳，译 . 南京：南京大学出版社，2019.

16. [法] 加斯东·巴士拉 . 空间诗学 . [M]. 龚卓军，王静慧，译 . 北京：世界图书出版公司，2017.

17. [美] 罗伯特·戴维·萨克 . 社会思想中的空间观：一种地理学的视角 . [M]. 黄春芳，译 . 北京：北京师范大学出版社，2010.

18. 李生滨 . 当代宁夏诗歌散论 . [M]. 北京：中国社会科学出版社，2021.

19. 刘岳 . 世上 . [M]. 广州：南方日报出版社，2007.

20. 刘岳 . 形体 . [M]. 北京：中国戏剧出版社，2009.

21. [法] 罗兰·巴特 . 神话修辞术 . [M]. 屠友祥，译 . 上海：上海人民出版社，2016.

22. [捷] 米兰·昆德拉 . 慢 . [M]. 上海：上海译文出版社，2011年版。

23. [捷] 米兰·昆德拉 . 生活在别处·序言 . [M]. 景凯旋、景黎明，译 . 北京：作家出版社，1989.

24. [法] 米歇尔·福柯 . 词与物——人文科学考古学 . [M]. 莫伟民，译 . 上海：上海三联书店，2001.

25. [法]让·波德里亚.象征交换与死亡.[M].车槿山,译.江苏：译林出版社,2006.

26. 倪万军.叙述的困境——宁夏文学观察.[M].银川：宁夏人民教育出版社,2018.

27. 牛学智主编.宁夏社会科学院系列蓝皮书之<2022宁夏文化发展报告>.[M].银川：黄河出版传媒集团宁夏人民出版社,2022.

28. 欧阳江河.站在虚构这边.[M].成都：四川文艺出版社,2018.

29. 钱理群、温儒敏、吴福辉.中国现代文学三十年.[M].北京：北京大学出版社,1998.

30. [美]桑德拉·吉尔伯特、苏珊·古芭.阁楼上的疯女人——女性写作与19世纪文学想象.[M].杨莉馨,译.上海：世纪出版集团上海人民出版社,2015.

31. 沈奇.诗心 诗体与汉语诗性.[M].西安：陕西师范大学出版社,2016.

32. 单永珍.词语的奔跑.[M].银川：宁夏人民出版社,2007.

33. 唐晓渡.唐晓渡诗学论集.[M].北京：中国社会科学出版社,2001.

34. 唐晓渡、西川主编.当代国际诗坛Ⅳ.[M].北京：作家出版社,2009.

35. 王怀凌.草木春秋.[M].银川：宁夏人民出版社,2014.

36. [德]瓦尔特·本雅明.发达资本主义时代的抒情诗人.[M].王才勇,译.南京：江苏人民出版社,2005.

37. 王国维.人间词话.[M].西安：陕西师范大学出版社,2010.

38. [意]维柯.新科学.[M].费超,译.北京：京华出版社,2000.

39. 吴晓东 . 从卡夫卡到昆德拉——20世纪的小说和小说家 .[M]. 上海：生活·读书·新知三联书店，2017.

40. 谢冕主编 . 中国新诗总论 .[M]. 银川：宁夏人民教育出版社，2019.

41. 谢冕、杨匡汉、吴思敬主编 . 诗探索 .[M].1997年第1辑总辑，北京：中国社会科学出版社，1997.

42. 谢有顺 .1999中国新诗年鉴·序 .[M]. 杨克主编，广州：广州出版社，2000.

43. [法] 雅克·朗西埃 . 沉默的言语——论文学的矛盾 .[M]. 臧小佳，译 . 上海：华东师范大学出版社，2016.

44. 杨森君 . 草芥之芒 .[M]. 北京：九州出版社，2010.

45. 赵家璧主编 . 中国新文学大系 .[M]. 第8集（影印本），上海：上海文艺出版社，2003.

46. 郑敏 . 对21世纪文学阐释理论的希望："心的回归"，思维·文化·诗学 .[M]. 郑州：河南人民出版社，2001.

47. 张清华 . 中国当代民间诗歌地理 .[M]. 北京：东方出版社，2015.

期刊：

1. 丁瑞根 . 由幽深而敞亮——胡亮诗学写作的发生学刍议 .[J]. 诗探索，2019（3）.

2. 傅元峰 . 新诗地理学——一种诗学启示 .[J]. 文艺争鸣,2017（9）.

3. 傅元峰 . 有诗如亚——于坚诗歌片论 .[J]. 当代作家评论,2010（3）.

4. 傅元峰 . 隐在的"西部"——娜夜诗论 .[J]. 扬子江评论,2012（5）.

5. 傅元峰.曼衍卮谈——苏奇飞诗读札.[J].扬子江评论，2018（4）.

6. 冯雷.从地方到空间：新世纪诗歌的地理视角考察.[J].文化研究，2018（1）.

7. 郭文斌.回家的路：我的文字.[J].文艺报，2004.

8. 胡亮.说不尽的〈鲁拜集〉.[J].世界文学，2020（1）.

9. 胡亮.何以让我们意外——在宁夏诗歌研讨会上的即兴发言.[J].朔方，2020（10）.

10. 贺绍俊.新世纪宁夏作家群体创作印象.[J].朔方，2013（9）.

11. 卢桢.新世纪诗歌的想象视野.[J].诗刊（上半月），2016（4）.

12. 牛学智.文化现代性思想与当前宁夏文学题材透视.[J].文学自由谈，2018（5）.

13. 沈奇.汉语之批评或批评之文章——评胡亮文论集〈阐释之雪〉兼评批评文体问题.[J].中国诗歌研究动态，2018（1）.

14. 杨梓.宁夏青年诗歌创作简论.[J].宁夏大学学报（人文社会科学版），2007（6）.

15. 张富宝."疼痛的美学"与"西海固的旋涡"——王怀凌诗歌论.[J].宁夏大学学报（人文社会科学版），2018（3）.

16. 张富宝.宁夏文学六十年：历史、现状与问题.[J].朔方，2019（10）.

17. 张富宝.居于幽暗而自己努力——宁夏70后诗人创作述评.[J].朔方，2020（11）.

18. 郑敏.世纪末的回顾：汉语语言变革与中国新诗创作.[J].文学评论，1993（3）.

19. 张清华.当代诗歌中的地方美学与地域意识形态——从文化地理视角的观察.[J].文艺研究，2010（10）.

20. 周所同.从〈诗经〉到〈清平乐〉再到原州诗群.[J].朔方，2020（10）.

21. 张向东.20世纪中国诗歌语言观念的演变.[J].甘肃教育学院学报（社会科学版），2004（2）.